VON HERKUNFT UND HEIMAT

Zwei Perlen, eine grau

Petra Kapetanić

VON HERKUNFT UND HEIMAT

Zwei Perlen, eine grau

In tiefster Dankbarkeit,

meinem Vater und meiner Mutter.

Heimat entdeckt man erst in der Fremde.

Siegfried Lenz

INHALTSVERZEICHNIS

3

VORWORT UND DANKSAGUNG

Das Thema Heimat und Herkunft ist unerschöpflich. Viele Menschen finden sich in anderen Ländern wieder als in denen, in denen sie geboren wurden. Die Gründe hierfür sind unterschiedlich: politische Verfolgung, Krieg, Arbeit, Familie, Liebe und viele mehr. Die meiste meiner Lebenszeit verbrachte ich in Hamburg, doch fühle ich mich meiner Heimatstadt Dubrovnik im Herzen sehr verbunden. Viele, die ihren Geburtsort verlassen haben, können das von sich behaupten. Vielleicht werde ich zu meinen Wurzeln zurückkehren. Die Zeit ist noch nicht reif dafür, aber wir wissen alle – das Leben schmiedet seine eigenen Pläne. Hamburg bedeutete lange Zeit eine Qual. Diese Qual, wenn man sich nicht zugehörig fühlt. Es wollte nicht sein. Doch fast unbemerkbar hat sich das innerhalb von 30 Jahren verändert. Dieses Buch ist eine Liebeserklärung an Hamburg, und auch an Dubrovnik. Beide Städte haben in meinem Herzen einen besonderen Platz. Das Buch ist für all diejenigen, die ihren Platz auf Erden suchen oder schon gefunden haben. Vielleicht begegnet ihr ähnlichen Anpassungsversuchen.

Ich bin diesen tollen Menschen, die dazu beigetragen haben, mich zugehörig zu fühlen – in Deutschland und auch in meiner Heimat Kroatien – sehr dankbar.

Meine Freunde haben das Meiste bewirkt. Jeder Einzelnen und jedem Einzelnen danke ich von Herzen. Dir, liebe Christina, und Cathy, Vivien, Nela. Mit euch ist Hamburg einfach Bombe. Wir werden noch viele Jahre besondere Momente feiern.

Meine Jenny, der Spatz – du hast einen besonderen Platz in meinem Herzen. Unsere Studienzeit war einmalig, und eine andere, aber auch einmalige Zeit, dauert immer noch an. Zudem danke ich auch Christina, Volker und Alex.

Anastasia, du warst und bist stets aufrichtig und mutig. Deine Ehrlichkeit dem Leben gegenüber bewundere ich sehr.

Claudia, du warst der Lichtstrahl durch die Abiturzeit, zusammen mit Michaela und Elfriede. Ich freue mich, dass wir in touch sind.

Klaus, das erste Vapiano in Hamburg hat uns des Öfteren gesehen nach langen, müden Arbeitstagen, doch wir wussten uns zu helfen. Danke.

Lieber Vedran, es ist toll, dich zu kennen. Genauso auch Zeki. Ich wünsche mir, dass wir uns bald wiedersehen. Ich zähle auch alle in meiner damaligen Klasse mit dazu. Marcia, dich auch.

Meinem damaligen Partner, Nicolaus, danke ich auch. Du hast mir Hamburg von der Seite eines waschechten Hamburgers gezeigt. Hamburg konnte ich zum ersten Mal in einem aufregenden, hoffnungsvollen, neuen Licht sehen.

Meine Zeit in Nürnberg habt ihr für immer unvergesslich gemacht, liebe Jola, Vali, Eylem, Lai und Moy. Unsere Weinabende sind legendär. Auch unsere Gespräche und gegenseitige Unterstützung.

Liebe Andrea – Eva vermisst dich immer noch. Du hast ein besonderes Feingefühl für die Tiere. Und ich vermisse dich auch.

Dorothea, du bist ein toller Mensch und eine wunderbare Hebamme.

Du warst mir eine große Unterstützung im Job, lieber Guido. Manche deiner Ratschläge befolge ich heute noch. Nicht alle, doch einige meiner Kollegen in Kroatien verdienen auch einen großen Dank.

Meinen Ladies in Zagreb danke ich für die unvergessliche Zeit, die wir gemeinsam bei gutem Essen verbracht haben und für die Abenteuer along the way. Christina – wie in Zagreb so in Hamburg eine großartige Seele. Lucijana, du hast dafür gesorgt, dass ich mein Glück stets visualisiert habe. Boška, Tamara, Daša und Andrijana – möge sich alles so wiederholen.

Großer Dank an die Familie Randel für ihre Unterstützung, als wir als Flüchtlinge eine Unterkunft brauchten. Dasselbe gilt für Caroline, Udo und Ute. Liebe Tante Nina, ruhe in Frieden, und Danke.

Gerd, auf dich war Verlass und du hast mir bei einigen Gelegenheiten unproblematisch geholfen. Schön, dass es dich gibt.

Shana, du hast mir die Zeit in Kalifornien versüßt und mich mit einigen amerikanischen Gegebenheiten bekanntgemacht.

Meine Familie in Dubrovnik ist mein innerer Halt, zu dem ich jedes Jahr gerne zurückkehre. Lieber Mislav mit deiner Familie Ana, Stella und Miho. Meine Tante Ela mit Andrea und Nikola. Meine Cousins Pero und Ilija mit ihren Familien, besonders den Kindern Pero, Mare, Ivan und Niko. Auch möchte ich Pasko und seiner Familie danken. Es ist toll, immer so herzlich empfangen zu werden. Als wäre man nie weg gewesen. Dasselbe gilt für Katija und ihre Familie.

Ich danke meinem lieben Mann für die gemeinsame Zeit und insbesondere für die in Hamburg und für die Erfahrungen, die wir dort gemacht haben. Dieser Abschnitt hat uns noch mutiger gemacht. Ohne dich wäre vieles nicht möglich gewesen. Die Zeit mit unserem Sohn dort war eine besondere.

Seine Freunde Matteo, Benjamin, Fabian und Konstantin mit ihren Eltern haben uns sehr zu Hause fühlen lassen. Liebe Niya und Carlito – die Playdates mit Finski waren auch für mich immer toll!

Ein spezielles Dankeschön geht an meine Mutter. Du bist ein besonderer Mensch und bist immer präsent. Und ebenso ein spezielles Dankeschön an meinen Vater mit Snježana und Pave. Wir freuen uns so, dass wir euch haben, und auf jedes Wiedersehen und jede Minute mit euch.

Es sind mir viele gute Menschen im Leben begegnet. Allen möchte ich danken, auch wenn ich von vielen den Namen nicht erwähnt habe.

DER ANFANG DES BUCHES

Man liest oft, man solle den ersten Satz nicht mit „Ich" anfangen. Ich tue es also nicht. Ich sitze hier in Hamburg an meinem Küchentisch. Das Arbeitszimmer für mich einzurichten habe ich in den letzten drei Jahren, seit ich die Idee dazu hatte, unser Gästezimmer umzuwandeln, nicht geschafft. Ein Kind, ein Mann, ein Hund, eine Mutter. Alle fordern Zuwendung ein. Aktiv oder weniger aktiv. Bewusst oder weniger bewusst – bis unbewusst. Manche der Genannten haben so etwas wie einen Anspruch auf Zuwendung. Das Kind. Oder der Hund. Sie können sich nicht um sich selbst kümmern. Essen machen, Nägel schneiden oder sich selbst irgendwo hinbringen. Dagegen steht meine Mutter. Unterstützung braucht sie in vielen, auch alltäglichen, Dingen. Briefwechsel mit Behörden, Banken und überhaupt – alles erledige ich für sie. Es ist ihr unangenehm, nicht einwandfrei und fehlerfrei ein Schreiben verfassen zu können in einer Sprache, die nicht ihre Muttersprache ist. Dann ist da noch das Thema mit der Technik und dem Drucker. Also mache ich solche Sachen für sie. Mein Mann ist auch da, und die Partnerschaft möchte behutsam gepflegt werden. Und ich bin auch noch da.

Bisher habe ich mir nicht die Zuwendung gegeben, die ich mir vielleicht hätte geben sollen, wollen, können. Nicht weil ich mich vernachlässigt hätte – das habe ich nicht, obwohl meine Therapeutin vielleicht anderer Ansicht sein mag. Ich habe mich vernachlässigt, oder auch nicht, nicht weil ich dies wollte, sondern weil ich nicht wusste, was ich wollte. Wenn man nicht weiß, was man will, generell gesprochen, dann kann man es auch nicht kommunizieren und es von einem selbst und den anderen einfordern. Oder? Die Artikulation dessen, was man braucht, bleibt aus. Doch in letzter Zeit mehren sich die Dinge, von denen ich das Wissen erlange, dass ich sie will und brauche. Ihre Artikulation stößt auf, nennen wir es einfach mal Reaktionen, bei anderen. Dazu später mehr. Vielleicht.

Was mir in letzter Zeit öfter durch den Kopf geht – eigentlich schon seit ich denken kann, aber in letzter Zeit wieder vermehrt: Woher komme ich und wohin gehöre ich? Die Frage „Woher komme ich?" habe ich mir schon als kleines Kind gestellt. Woher kommt mein Körper, und was hat ihn zum Leben erweckt? Klar, wir entstehen im Bauch der Mutter – aber was haucht wie das Leben in den kleinen Babykörper ein? Wo ist der Anfang? Woher kommen wir? Wie sind wir entstanden? Damit meine ich den Menschen genauso wie das Tier. Wer oder was hat uns erschaffen?

Als Erwachsene habe ich einige der üblichen Antworten auf diese Fragen einfach hingenommen. Evolution, Zellteilung, Atmung etc. Aber niemand konnte mir eine zufriedenstellende oder besser gesagt eine endgültige Antwort geben. Der wahrhaftige Ursprung blieb unberührt. Wahrscheinlich werden wir das Geheimnis erst mit unserem Tod lüften. Auf jeden Fall kenne ich meinen Ursprung auf Erden. Ich komme aus Kroatien. Dubrovnik. Das ist eine kleine Stadt ganz im Süden des Landes.

So, vielleicht fragst du dich nun als Leser – worüber schreibt diese Frau? Sie schreibt darüber, dass sie weiß, wo ihre

Herkunft liegt, aber nicht, wo ihre Heimat ist. Jemand könnte sagen, sie schreibt darüber, dass sie eine Heimat zum Leben braucht wie die Luft zum Atmen. Die Autorin muss wissen, wo ihre Heimat ist. Sie muss dies endlich für sich eindeutig definieren. Sie hat Klarheit darüber erlangt, dass sie eine stabile Umgebungssicherheit braucht. Sie möchte sich so zugehörig fühlen wie ein Puzzleteilchen zum gesamten Puzzle.

Ich habe ein sehr gutes Buch zum Thema Herkunft gelesen. Seitdem will ich über Herkunft und auch über Heimat nachdenken, schreiben, tagträumen – mich also damit auseinandersetzen und für alle Ewigkeit meine Fragen beantwortet wissen. Für mich selbst. Herkunft und Heimat. Beide können sich einschließen, aber auch ausschließen.

Wie ich schon erwähnte, sitze ich hier, in Hamburg, an meinem Küchentisch. Mein Mann ist Amerikaner. Mein 4-jähriger Sohn ist Kroate, Amerikaner und Deutscher. Bis er 18 wird. Dann wird er sich entscheiden müssen. Die kroatische und die deutsche Staatsbürgerschaft kann er behalten, falls er sich gegen die amerikanische entscheidet. Die Amerikaner akzeptieren nur ihre. Das ist die moderne Welt. So viel Globalisierung und Fortschritt, aber man kann nicht alles sein in puncto Nationalität. Vielleicht ist die Menschheit in ferner Zukunft so fortschrittlich, dass es nur eine Nationalität beziehungsweise Zugehörigkeit gibt. Erdenbewohner. Aber dafür müsste sich die Menschheit als solche stark weiterentwickeln. Ich halte das für möglich, doch in meiner Lebensspanne oder der meines Sohnes für ausgeschlossen. Es sei denn, ein Wunder passiert. Ich glaube an Wunder. Eigentlich.

Ich bin heute mit meinem amerikanischen Mann, und meinem Sohn mit drei Pässen, in unserem vornehmen Stadtviertel ganz schön weit entfernt von dem kleinen Mädchen, das auf dem Bauernhof seiner Großmutter Hühner gejagt hat und Trauben gepflückt und Mandarinen und Pfirsiche. Und Tomaten und insbesondere Wassermelonen. Ihr Duft ist mir immer noch nah. Nach fast vierzig Jahren kann ich die Wassermelonen und die Tomaten auf der Terrasse meiner Großmutter noch immer riechen. Auch die Terrasse aus Beton, im Hochsommer, wenn eine Wassermelone aufgeschnitten wurde oder eine Tomate herunterfiel und zermatscht wurde. Dieser Duft ist noch da, als wäre ich selbst noch da. Er verdampfte auf der heißen Betonterrasse. Auch die Bienen oder Wespen, die die Süße der Wassermelonen anzog, sehe ich vor meinen Augen, und ich fühle meine Angst, dass sie mich stechen könnten. Heiße Sommer, Mücken, Gras, Cousins, Spiele, Entdeckungen. All das ist in meiner Erinnerung nicht vergraben. Es taucht wiederholt auf, immer öfter. Das hat wohl was mit dem Alter zu tun. Mit der Reife. Mit Nostalgie. Mit Melancholie. Mit dem Bedürfnis, sich daheim zu fühlen. Heimat. Wo ist sie für mich?

DER ANFANG VON EINEM ENDE

Es war der 1. Oktober 1991. In Dubrovnik. Früh morgens. Ich war früher als sonst aufgestanden. Aus einer innerlichen Unruhe heraus aufgewacht. Diese sollte sich draußen fortsetzen. Zuerst hörte sich alles an wie ein gewaltiger Sturm mit Donner und Blitz. Aber es regnete nicht. Zumindest keinen Regen. Es waren Bomben. Bombenwetter. Heute, aus sicherer Entfernung zu Ort und Geschehen, kann man sogar einen kleinen Witz daraus machen. Aber damals war es keiner. Mutter und mein fast Stiefvater wachten auf – weil ich sie weckte. In Windeseile wurde entschieden: Wir ziehen das Notwendigste an, stecken die Pässe ein, setzen uns ins Auto und fahren in die Stadt. Die war 10 Minuten mit dem Auto entfernt. Als ob es dort sicher oder sicherer gewesen wäre. Den Hund, Linda, 3 Monate alt, haben wir dagelassen. Weshalb, weiß ich bis heute nicht. Wahrscheinlich, weil wir nicht glauben konnten, dass so etwas tatsächlich hier, bei uns, passierte. Sonst sah man so etwas nur im Fernsehen. Kriege in Israel, im Iran, Irak und so.

Wir waren nicht die einzigen auf der Straße. Im Auto und auch ohne Auto. Es war ein Durcheinander. Panik, Stress, Sorge, Angst, Verzweiflung, Ohnmacht. Was man alles in den Gesichtern der Menschen in Millisekunden ablesen kann!

Ich war 11 Jahre jung. Wir fuhren schnell, genauer gesagt so schnell, wie alle vor uns fuhren. Manche fuhren auch in die entgegengesetzte Richtung. Wahrscheinlich, um ihre Liebsten zu holen. Um alte Eltern, kleine Kinder oder Freunde zu retten.

Viele verschiedene Schicksale. Aber eigentlich ein großes. Alle verließen ihr bis dato vertrautes Heim. Plötzlich und ohne zu wissen, ob und wann sie es wiedersehen würden. Am Leben bleiben im Bombenregen eröffnete einem diese Möglichkeit.

Es war ein grüner BMW, aus den späten 70ern, der uns zu den Eltern meines fast Stiefvaters brachte. Sie lebten im Hafengebiet. Eine Fabrik für Öl war da am Anfang ihrer Straße. Es stank immer so, wenn man in ihre Straße einbog. Sie hießen Beba und Serđo, oder Sergio auf Italienisch. Viele in der Stadt Dubrovnik hatten italienisch klingende Namen oder Nachnamen. Mein fast Stiefvater hieß mit Nachnamen Stabile. Einer seiner beiden Söhne hieß auch Serđo. Es war eine kleine Wohnung. Wir sind sehr schnell gegangen, um nicht vom Bombenregen getroffen zu werden. Aber war diese Wohnung sicherer? Nein. Es war nur das Gefühl, etwas getan zu haben, was einem vielleicht mehr Sicherheit brachte, als dort zu bleiben. In Župa. Die Grenze zum ehemaligen Bosnien und Herzegowina war gleich hinter einem kleinen Hügel. Der „Feind" – so wurde die Jugoslawische Nationalarmee bezeichnet, die JNA – hatte somit leichtes Spiel, schnell in Župa einzudringen. Zudem war dort eine Basis der JNA und eine Villa von Tito. Zu dem Zeitpunkt bedeutete alles eine Gefahr für das menschliche Leben. Der Feind war der Serbe oder der Montenegriner. Ein Land, das vorher trotz diverser Religionen und Nationalitäten unter Tito zusammengehalten hatte – und wo sich jeder Nachbar war oder auch Familie – wurde entzweit oder sogar in mehrere Teile zerstückelt.

Man kann nicht sagen, dass Titos Art, den Zusammenhalt zu verwirklichen, für alle Freiheit bedeutet habe oder für alle gut gewesen sei. Es gab eine Partei im ehemaligen Jugoslawien, und wenn man es zu etwas bringen wollte, war es nicht von Nachteil, dieser anzugehören. Es war jedoch von großem Nachteil, wenn man es nicht tat. So habe ich das erfahren aus den Geschichten, die die Erwachsenen überaus lebhaft am Tisch erzählten. Sie handelten davon, was diesem oder jenem widerfahren sei oder dass man diesen oder jenen nie wieder gesehen habe. All die Diskussionen, denen ich als Kind oft beigewohnt habe! Ich kann mich gut daran erinnern. In unserem Haus hat man an die Freiheit geglaubt, und diese mit der Unabhängigkeit herbeigesehnt.

Es gab drei Hauptreligionen: Katholiken vorwiegend in Kroatien und Slowenien, Muslime vorwiegend in BIH (Bosnien und Herzegowina), Orthodoxe vorwiegend in Serbien und Montenegro. Natürlich gab es auch noch Minderheiten. Aber ich bleibe bei den drei größten Gruppen, um es übersichtlicher zu halten. Es ist für Außenstehende, aber selbst für Menschen, die aus der Region kommen, nicht immer einfach nachzuvollziehen, was zum Beispiel ein bosnischer Muslim, ein bosnischer Kroate oder ein bosnischer Serbe war. Die muslimischen Bosnier wurden als Bosniaken bezeichnet. Aber was waren dann die Kinder aus den Mischehen, und was waren die Menschen in den Mischehen?

Dieses kleine Land hat so viel Leid erfahren. So viel Leid, das sich nicht in Worte fassen lässt. Mir kommen die Tränen, wenn ich an die Mütter denke, die ihre Söhne verloren haben. Als gefallene Soldaten – egal auf welcher Seite. Als Ermordete, als zu Tode Gefolterte, als Verhungerte. Als solche, die man bis heute nicht gefunden hat, deren Körper verschwunden sind, irgendwo in der dunklen, feuchten Erde. Gewissheit darüber, wo sie sind, würde diesen Müttern Erleichterung bringen. Und wie viele ihrer Töchter haben das gleiche Schicksal erlitten. Oder wurden vergewaltigt. Wie vielen wurden die Finger, Arme, Hände, Beine abgetrennt. Der rohen menschlichen Gewalt, wenn Abwesenheit von Mitgefühl und Ethik und Moral herrscht, sind keine Grenzen gesetzt. Es passierte alles so nah dran an einem. Ich kann über dieses Leid nicht schreiben. Nicht weil ich es nicht will, sondern weil ich das unfassbar Schreckliche in dieser Intensität nicht selbst erlebt habe. Dafür bin ich sehr dankbar. Es gibt aber viele Menschen, die es erlebt haben. Sie sind überall unter uns. Es gibt viele Publikationen und Berichte von eben diesen Menschen, die ihr Leid ausgedrückt haben. Viel treffender, als ich es jemals könnte. Ich bin ohnmächtig, ihre Erfahrung abzumildern oder ihr Leid zu lindern. Mein Herz tut weh, weil ich ihnen in dem grausamen Schmerz nicht helfen kann. Dabei ist mir die Nationalität egal.

Zurück zum 1. Oktober 1991. Es regnete – keinen Regen. Meine Mutter und ich verbrachten die folgende Nacht im Haus von Fremden. Mit dem fast Stiefvater – der mir einer der liebsten Menschen im Leben war und der im Jahr 2000 an den Folgen eines Schlaganfalls gestorben ist – konnten wir nicht mitgehen. Er lebte damals in Scheidung und teilte sich noch eine Wohnung mit seiner fast Exfrau. Oder schon Ex. Ich kann mich nicht mehr erinnern, wann die Scheidung endgültig durch war. Ich weiß noch, dass wir bald, als es etwas ruhiger wurde, auf den Markt am Hafen gingen. Pjaca. Dort war eine Frau, die kleine Gummifiguren verkaufte. Ich wollte einen Hund. Mein fast Stiefvater kaufte mir einen fingergroßen

Gummihund. Er sah aus wie Lassie, und er erinnerte mich an Linda. Ich vermisste meinen nicht mal drei Monate alten Hund. Ich weinte und es tat mir im Herzen weh, ihn alleine gelassen zu haben.

Die Hotels in Dubrovnik wurden sofort in eine Art Flüchtlingsaufnahmeplätze umgewandelt. Wir entschlossen uns, dort in ein Zimmer zu ziehen. Wir zwei. Meine Mutter und ich. Mein fast Stiefvater hatte ja eine Bleibe. Mein Vater hatte eine angemietete Wohnung von zirka 50 Quadratmeter in der Stadt, in die er meine Oma und seinen Bruder mit Frau und zwei Kindern holte. Vaters Freundin aus der Nähe von Sarajevo sollte bald dazukommen. In der Wohnung war einfach kein Platz für uns. Und außerdem war die Scheidung nicht gerade nett und zivilisiert abgelaufen. Dazu später mehr. Vielleicht.

Im Hotel angekommen, mussten wir feststellen, dass es vor Menschen überquoll. Viele waren aus anderen Hotels wieder weggeschickt worden, erzählte man uns in der Warteschlange. Durch Bekanntschaften konnten wir, also meine Mutter und ich, aber doch ein Zimmer ergattern. Hotel Park, Zimmer 407. Goldfarbener Schlüsselanhänger, falls ich mich richtig erinnere. Könnte aus Plastik gewesen sein.

Stress, Angst, Verzweiflung, Ohnmacht – ich sollte diese Emotionen noch oft in den Gesichtern der Menschen ablesen, selbst erfahren und eine ganze Weile behalten.

Meine Mutter und mein lieber fast Stiefvater entschlossen sich dann, trotz der Warnungen, noch einmal in die Wohnung im unfertigen Haus in Župa zu fahren, um den Hund zu holen und etwas Bekleidung mitzunehmen. Und Zahnbürsten. Wir hatten auf einmal nichts. Ich hatte nur die Kleidung, die ich am Tag zuvor noch schnell hatte anziehen können. Keine Haarbürste. Keine Barbie. Kein anderes Spielzeug. Keine Schulbücher. Aber das machte mir nichts aus, denn zum Glück gab es gerade keine Schule, in die man gehen musste.

Mutter und er fuhren hin. Ich blieb im Hotel. Bekannte, die mir Gesellschaft leisteten, gab es genug. Bald gab es auch viele Familienmitglieder im gleichen Hotel. Ich wartete sehnsüchtig auf die Rückkehr meiner Mutter und meines fast Stiefvaters. Eine gefühlte Ewigkeit für ein 11-jähriges Kind. Ich liebte meine Mutter, und dass ihr etwas passieren könnte, war für mich eine ganz furchtbare Vorstellung.

Doch dann waren sie wieder da. Das Auto voll mit allem, was sie auf die Schnelle hatten mitnehmen können. Klamotten hauptsächlich. Und da war auch sie. Klein und verängstigt. Ein, zwei Nächte war sie alleine gewesen. Linda. Deutscher Jagdhund, irgendwas mit Kurzhaar. Für einen wichtigen, kurzen Augenblick war meine Welt gerettet. Sie war da und sie war bei mir. Aber nicht lange. Im Hotel durfte sie nicht bleiben. Mein fast Stiefvater nahm sie mit in seine Wohnung. Und wieder habe ich sie unendlich vermisst. Doch ich konnte sie ab und an sehen, wenn mein lieber fast Stiefvater zu Besuch kam.

Er konnte nur dann kommen, wenn die Sirenen keine Gefahr durchgaben. Leider passierte das jeden Tag, und nicht nur einmal. Die etwa einminütigen Sirenentöne, die von der Empfangsstation auf dem kleinen Hügel Petka lebensrettend aggressiv und unüberhörbar kamen, gaben Auskunft darüber, um welche Art von Kriegsangriff es sich handelte. Luft, Land oder See. Oder alles zusammen als allgemeine Gefahr. Das bedeutete stets, sofort in den Keller zu rennen. Der Keller des Hotels war nicht wirklich einer. Dort hatte sich in besseren Zeiten das SPA samt Swimming Pool befunden, mit Aussicht aufs Meer durch riesige Fensterscheiben. Jede Detonation könnte diese zum Zersplittern bringen. Und sollte ein feindlich gesinntes Schiff der Marine direkt darauf etwas abfeuern, würden alle, die dort hockten und warteten, für immer der Geschichte angehören.

Innerhalb kürzester Zeit wurde der Pool zu einem Stinkbecken. Da es kein Wasser gab, wuschen verzweifelte Mütter die Windeln ihrer Babies dort. Der Gestank war nicht auszuhalten, insbesondere dann nicht, wenn Hunderte von Menschen nebeneinander auf dem Boden saßen und auf die Freiheit warteten. Nach einiger Zeit meinte meine Mutter, es sei genauso sicher, auf dem Zimmer zu bleiben, als in diesen Schutzkeller zu gehen. Von da an taten wir genau das. Wir lehnten die Matratzen an die Fensterscheiben vom Balkon, um uns vor möglichen Glassplittern zu schützen, während wir auf Kissen schliefen, oder besser gesagt nicht schliefen. Es war nicht sicherer, aber man konnte die Luft atmen.

Wasser war zu Gold geworden. Wenn man sparsam ist, kann man sich die Haare und den Körper mit dem Inhalt einer 0,75 Liter Mineralwasserflasche waschen. Über einem Eimer. Und dessen Inhalt dann zum Spülen der Toilette nutzen. Licht gab es durch Kerzen und Öllampen. Batterien wurden gespart, denn es gab keine Ersatzbatterien. Wasser holte man sich in Plastikflaschen aus der Zisterne. Eine Heizung gab es nicht, und Decken auch nicht mehr. Tagsüber ging es, wenn die Sonne schien. Nachts weniger.

Eines Tages spielte ich mit meiner Cousine in dem Barraum des Hotels. Es wurde wohlgemerkt kein Alkohol ausgeschenkt. Die Bar war nicht in Betrieb. Der Raum war, was ich zu dem Zeitpunkt nicht wusste, gut schallisoliert. Geräusche drangen weder nach außen noch nach innen. Die Sonne schien und es war kalt. Ich sah durch die Fensterscheibe, dass die Menschen reingingen. Ich nutzte die Gelegenheit und ging raus, um mich etwas aufzuwärmen. In dem Moment hörte ich ein ohrenbetäubendes Geräusch über mir, blickte nach oben und sah ein Kampfflugzeug der feindlich gesinnten Armee. Eine Bombe wurde genau zu dem Zeitpunkt abgeworfen. Ich sah sie durch die Luft nach unten fallen, auf den Hügel unweit des Hotels. Dann das Geräusch der Explosion. Auf dem Hügel hatte die Hauptsirene gestanden, die die Stadtbewohner vor möglichen Angriffen gewarnt hatte. Ich stand wie versteinert da. Jetzt wusste ich, warum alle Menschen reingegangen waren. Das tat ich auch, etwas unter Schock.

TROCKENES BROT

Es ist der 21. Dezember 2020. Heute. Ich schaue auf meinen Küchentisch. Dort steht die Weihnachtsdeko. Und eine Schüssel mit Mandarinen. Und Schokolade gibt es genug. Zu viel eigentlich. Das Brot von gestern ist schon zu trocken, um es zu essen. Vielleicht geben wir das noch den Enten, die sich in den nahegelegenen Kanälen zu Hause fühlen und dort über den Winter ausharren. Irgendeine Aktivität muss ich mir ja jeden Tag ausdenken – denn wegen der Corona-Pandemie ist alles zu. Und die Freizeitaktivitäten für den Sohn sind rar. Also ist Entenfüttern irgendwie Routine geworden. Ob ich damals, 1991, in Dubrovnik angetrocknetes Brot irgendwelchen Vögeln gegeben hätte? Wahrscheinlich wäre das als enorme Verschwendung angesehen worden.

Als ich am 16. November 1991 nach Hamburg kam, samt größerer Familie, ging ich öfter mit meinem Opa an die Alster in Wellingsbüttel, und wir fütterten die Enten und all die anderen Vögel, die zu uns kamen. Es waren immer viele. Eine schöne Erinnerung. Auch wenn ich die Kälte, heute wie damals, buchstäblich hasse. Ich kann insbesondere diese Hamburger Kälte schlecht ertragen. Konnte ich noch nie. Meine Knochen noch weniger. Das mittlere Alter ist wohl ein Faktor, der da mitspielt. Denke ich mir so in letzter Zeit.

ZWEI PERLEN, EINE GRAU

Es ist immer feucht. Die Kombination von Kälte und Feuchtigkeit umhüllt einen unsichtbar, aber sehr gut fühlbar, und dringt in die Knochen ein. Hält sie fest im Griff, von Oktober bis März. Schmerz und Unwohlsein, tief drinnen in den Knochen, nehmen immer mehr Raum ein. Die „Fifty Shades of Grey" sind für Hamburg ein Wahrzeichen, das keiner mag und das alle gerne gegen ein paar noch so armselige Sonnenstrahlen tauschen würden. Zumindest die Leute, die ich kenne.

Hier sagt man: „Hamburg, meine Perle". Die Stadt Dubrovnik nennt man: „Die Perle an der Adria". Also die Perle haben sie schon mal gemeinsam. Im Satz. Als Wort. Lange konnte ich mir trotz größter Mühe nicht vorstellen, warum jemand „Hamburg, meine Perle" sagen sollte. Es ist kalt, der Sommer unbeständig und von kurzer Natur. Selbst dann empfiehlt es sich, einen Regenschirm bei sich zu tragen. In der Tasche. Für alle Fälle. Zur Sicherheit.

Sicherheit und auch Ordnung werden in Deutschland sehr geschätzt. Manchmal finde ich das übertrieben. Aber ich verstehe den Sinn dahinter. Wie zum Beispiel bei „Tauben füttern verboten". Man will vermeiden, dass die Vögel zu viel Schmutz abgeben. Einmal hat mich eine Freundin in Berlin ermahnt, dass, wenn ich weiterhin die Tauben fütterte, die Polizei käme und ich Strafe zahlen müsse. Ich fühlte mich in meiner Freiheit stark eingeschränkt. Obwohl ich die Sinnhaftigkeit erfasst hatte. „Laufen auf dem Gras verboten" ist noch so ein Satz. Ja klar, das Gras soll ja schön und grün bleiben.

Darauf herumtrampeln hat den gegenteiligen Effekt. Also nur gucken, nicht berühren.

Als kleines Mädchen war ich oft in der Altstadt von Dubrovnik. Weltweit bekannt. Vielen Menschen heutzutage als die Kulisse für Star Wars, Game of Thrones oder James Bond. Ich aß Berliner, von jedem etwa ein Viertel – der Rest ging an die Tauben. Auch heute gibt es kein Verbotsschild. Und alle Kinder machen es. Die Tauben werden mit der Dauer des Berliner- oder Brotfütterns immer zutraulicher. Sie landen auf der Hand, picken aus der Hand, man spürt ihre Krallen, ihren harten, spitzen Schnabel auch. Sie landen auf der Schulter. Und – es macht einen Riesenspaß! Ich habe es dieses Jahr meinem Sohn gezeigt. Wir haben fast ein ganzes Brot an die Tauben verfüttert. Ich weiß nicht, wen von uns beiden die Tauben mehr bespaßt hatten. Dauerfreude auf einem Kindergesicht. Unschlagbar. Nicht zu kaufen. Es sei denn, man kauft ein Brot.

Das Taubenfüttern in Dubrovnik macht man meistens im Sommer (obwohl man die Altstadt besser meiden sollte wegen der vielen Touristen) oder wenn es weniger heiß ist. Der Sommer ist lang. Beständig in der Hitze. Man wünscht sich, der Planet Sonne würde mal eine Pause machen. Man sehnt den Regen herbei, und sei es nur für ein paar Stunden. Ein paar Tage wären besser. Aber für die nächsten drei Monate sind die Aussichten darauf minimal. Also nach Luft schnappen. Das Klagen hört bald nicht mehr auf. „Es ist heiß, furchtbar heiß. Uff ...“ schallt es von überall. Wie ein Echo. In der Bank ist es kalt. Doch keiner, den ich kenne in Kroatien, geht gerne zur Bank. Auch nicht, um sich abzukühlen. Lieber in der Hitze schmoren.

Ach, die Elbe, die schöne Elbe. Der Hafen. Die stehen für Hamburg. Viele Lieder wurden darüber geschrieben, die Stadt besungen. Haben mir zumindest manche Leute erzählt. Ich kann nur „Auf der Reeperbahn nachts um halb eins". Sonst hat sich bei mir kein Ohrwurm über Hamburg eingenistet.

Die Elbe, so schön graubraun. Bei Sonne und bei Regen. Die Farbe bleibt. Bei Wind und Wetter. Die Farbe bleibt. Da geht kein Lack ab. Bei der Farbe suchte ich nach Schönheit. Meinen Augen blieb sie verborgen. Bis heute. Aber ich habe die Elbe lieben gelernt. Sie ist nun mal so. Das ist ihre Naturfarbe. Sie altert nicht und sie bleibt ihrer Natur treu. Ich schätze Charaktere, die sich treu bleiben. Darin habe ich den Wert der Elbe entdeckt. Ich nehme sie so an, wie sie ist. Sie muss nicht azurblau oder royalblau sein. Sie ist der Weg, den viele Containerschiffe beschreiten, um die goldene Ananas auf den Tisch zu bringen. Die Bananen. Das leckere Zeug. Die Fakes von Chanel aus China. Oder sonst woher. „Hamburg Süd" lese ich auf vielen Containerschiffen.

Der Hafen sieht industriell aus. Schönheit muss man da schon suchen. Aber so ist er eben. So sind Containerhäfen. Ich habe auch den Hafen lieben gelernt. Vielleicht hat mir mein kleiner Sohn dabei geholfen. Die Kräne sind toll. Und so viele.

Das ist mir sogar lieber als der Hafen von Dubrovnik im Sommer, also von März/April bis Oktober. Kreuzfahrtschiffe. Ein megalomanischer Fehler des damaligen Bürgermeisters. Der heutige scheint kompetent zu sein. Doch gegen die auf Dauer ausgelegten Verträge kann er (noch) nicht viel unternehmen. Der Hafen kann zwei bis drei AIDA Schiffe oder andere größere Kreuzfahrtschiffe aufnehmen. Weitere drei AIDA Schiffe liegen vor der Altstadt. Mir dreht sich bei dem Anblick stets der Magen um.

Busse oder Boote bringen die Eintagestouristen in die Altstadt. Wer schon mal dort war, weiß, welche Zumutung das ist. Für die Eintagestouristen und für die Einheimischen. Spült aber Geld in die Stadtkasse. Nachhaltigkeit Adieu. Wo entleeren sich diese Mega-Kreuzfahrtschiffe? Ich möchte diese Frage nicht beantwortet wissen, während mir die Sommerhitze den Schweiß zwischen den Brüsten herunterlaufen lässt. Ich flüchte auf eine Insel oder gehe über dreihundert Stufen hinunter zu einem Strand. Eintagestouristen gehen dort nicht hin. Denn die Stufen muss man auch wieder hinaufklettern bei 35 Grad.

Sobald meine Augen das Tiefblau erfassen, werde ich zu diesem Meer. Bei diesem Anblick versinkt mein Wesen darin. Im Sommer versinkt darin mein Körper. Das Salz schmeckt gut auf meiner Haut. Ich brauche keine Stranddusche, um das Meer von mir abzuwaschen. Ich brauche auch keine Badelatschen, um auf dem steinigen Strand zu gehen. Dort am Strand bin ich aufgewachsen. Es wäre so, als würde Tarzan einen Fahrstuhl brauchen, um die Bäume hochzukommen. Meine Füße tun mir nicht weh. Aber ich akzeptiere, wenn andere Badelatschen brauchen. Sie sagen, es tue furchtbar weh an den Füssen. Das macht ja keinen Spaß dann am Strand, wenn man keine Badelatschen trägt. Der Sinn des Strandbesuchs ist es, sich wohlzufühlen. Also bitte alle, denen die Füße wehtun: Badelatschen mitnehmen. Meinem Sohn habe ich nie Strandsandalen angeboten. Er weiß nicht, dass die Füße wehtun können, wenn man über die großen runden Steine geht. Ich hoffe, es bleibt so.

Auch eine Liege brauche ich nicht. Einfach ein Handtuch reicht. Wenn man sich geschickt hinlegt, fühlt man die Steine nicht. Stattdessen fühle ich eine tiefe Verbundenheit zwischen meinem Körper und dem Strand, mit Grund und Boden. Mit dem Sommer. Mit dem Meer. Versteht mein amerikanischer Mann nicht. Daher leihen wir stets drei Liegen und zwei Sonnenschirme. Jeden Tag. Anders geht es nicht. Strandsandalen trägt er. Sonst sieht er auch nicht geschickt aus, wenn er ins Meer geht. Er hat Schmerzen. Unschwer an seinem Gesicht zu erkennen. Ich hoffe, er vergisst sie nicht.

Der Elbstrand ist da ganz anders. Angenehm zum Gehen, auch barfuß. Weich, wohlig. Sand, so weit das Auge die nächste Kurve erfassen kann. Ein Blick schweift auf das graubraune Wasser der schönen Elbe, auf der sich ein Containerschiff im Industrielook breitmacht. Sorry, diese Situation habe ich noch nicht lieben gelernt. Dafür steckt zu viel Strand in Kombination mit royalblauem Wasser in mir.

Ich hoffe immer, mein Sohn wird später einmal beides gleichermaßen schätzen. Ich möchte, dass er beide Strände als sein Zuhause ansieht. Ich kann es nicht.

FAHRRAD, GEFÜHL, SENIOREN

Der Norden ist flach. Ich glaube, Hamburg hat ein paar Hügel. Berge sehe ich keine. Daran habe ich mich gewöhnt. Irgendwie finde ich es praktisch, wenn man Fahrrad fährt. Kein Berg, den man erklimmen muss mit kräftigem Tritt in die Pedale. Ich besitze kein Fahrrad. Bei Wind und Wetter würde ich niemals draufsteigen. Mir ist die Zeit, als ich mir nicht mal eine Monatskarte für den Bus leisten konnte und daher mit dem ollen, rostvollen Fahrrad im Januar und Februar und auch in all den anderen Monaten zur Schule geradelt bin, wie ein Tattoo im Gedächtnis geblieben. Ich glaube, ich musste über den einzigen großen Hügel in Hamburg – in meinen Gedanken und Gefühlen wie der Mount Everest abgespeichert – nach Hause fahren. Hamburg Poppenbüttel. Der eisige Wind ritzte Schmerz in mein Gesicht. Der Regen durchnässte alles, was ich anhatte. Der Schnee raubte mir die Sicht. Das Eis ließ mich hinfallen. Meine Beinmuskeln schmerzten vor Anstrengung. Ich muss das nie wieder haben. Also kein Fahrrad. Das Trauma sitzt fest.

Aber für Fahrradfahrer ist Hamburg eine schöne flache Stadt. Eine praktische Stadt. Auch für Senioren geeignet, die noch gut zu Fuß sind. Flach ist einfacher als ansteigend. So eine Seniorin werde ich irgendwann auch sein. In Hamburg. Ich werde im hohen Alter keine Straßen in Dubrovnik auf- und abgehen wie meine Oma, keine dreihundert Stufen zusammen mit meiner Arthritis zur Wohnung hinaufklettern. Bei dem Gedanken, im Alter die zahlreichen Treppen der Altstadt von Dubrovnik nicht mehr zu bewältigen, die geschwungene Straße nicht mehr hinaufzugehen, überkommt mich Trauer. Mein Herz tut weh. Diese Stadt ist meine Geburtsstadt, dort bin ich aufgewachsen, sie habe ich volle neun Jahre lang mein Zuhause genannt. Zwei Jahre war ich dann noch in BIH. Den Rest meines Lebens meistens in Deutschland. Also dreißig Jahre Deutschland. Was werde ich in Dubrovnik zu tun haben, wenn ich alt bin? Jetzt fliegen wir zwei, drei Mal im Jahr dorthin. Mein Vater lebt dort mit seiner Familie. Wenn mein Vater nicht mehr ist, was soll ich dort bloß? Wen soll ich besuchen? Mit wem Wein trinken abends, wenn alle anderen eingeschlafen sind? Wem zuhören über die kommenden Projekte? Wen soll ich dort lieben? So schön die Seele dieser Stadt ist, so sehr ist mein Vater meine Heimat dort. Kein Vater, keine Heimat. Es schmerzt, das so zu sehen. Aber ich kann es nicht anders sehen.

Meine Stiefmutter ist obercool. Sie werde ich besuchen. Es ist allerdings anzunehmen, dass es nicht mehr dasselbe Gefühl sein wird ohne meinen Vater. Nichts wird mehr so sein wie jetzt. Es ist schon lange nicht mehr so, wie es früher war. Meine geliebte Halbschwester ist dort. Aber wo wird sie sein, wenn ich alt bin? Wo wird sie auf dieser Welt leben? So viele Möglichkeiten für die jungen Leute. Wir werden sehen. Falls alles gut geht. Vielleicht baut mein kleiner Sohn einen guten Draht zu seiner Tante und seinen Cousins und Cousinen auf. Vielleicht wird er weiterhin oft hinfliegen wollen. Vielleicht wird es dort immer jemanden geben, der ihn unbedingt sehen möchte. So wie mein Vater mich und ich ihn. Meine Stiefmutter ist total vernarrt in meinen Sohn. Aber wenn mein Vater und meine Stiefmutter nicht mehr sind – wer wird in Dubrovnik noch in ihn vernarrt sein? Was werden dann die bewegenden Gründe sein, gerade dort an den Strand zu wollen? Vielleicht Kindheitserinnerungen. Die sammeln wir. Er ist heute viereinhalb. Die Erinnerungen werden wir noch eine ganze Weile sammeln.

StVO

Wenn man in Dubrovnik den Blick nach vorne richtet, schaut man auf das Meer. Von hinten gibt einem die kraftvolle Bergkulisse Halt. Die immense Kraft, die die Berge ausstrahlen, verleiht einem Stärke und ein Gefühl von Bestimmtheit. Berge mit Gestein, Bäumen, Grün. Meine Augen konnten sich noch nie sattsehen am Reichtum und der Fülle der Farbe Grün auf der einen Seite und der Lebhaftigkeit der Farbe Blau auf der anderen. So stark strahlen diese beiden Farben. Und Berge gibt es im ganzen Land genug.

Es ist kein fahrradfreundliches Land, wegen der großen Hügel und auch weil man nicht so aufs Fahrradfahren setzt. Wäre dort auch anstrengend und extrem unsicher angesichts des Fahrstils der Autofahrer und der Straßen, die keine Spur für Fahrradfahrer zulassen. Da ich auch dort kein Fahrrad besitze, ist es mir schlichtweg egal.

Wenn in Hamburg, oder sonst wo in Deutschland, die Ampel auf Grün wechselt, gehen die Fußgänger einfach rüber. Sie schauen nicht zuerst nach links oder rechts, sie gehen einfach. Vertrauen voll darauf, dass der Fahrer eines Autos rechtzeitig anhält, sie sieht, wahrnimmt, die Verkehrsvorschriften respektiert. In Dubrovnik würden viele dieser Menschen im besten Fall im Krankenhaus, im schlimmsten Fall unter einem Hügel enden. Insbesondere seit Sohnemann und ich die Straßen überqueren, stehe ich auf die deutsche StVO. Voll. Heimlich gucke ich aber immer nach rechts und/oder links. Lieber deutsche als italienische Verhältnisse. Auf der

Straße pfeife ich auf Leidenschaft. Stattdessen schätze ich das Gesetz, die Sicherheit, die Ordnung. Ich habe den Sinn für Ordnung lieben gelernt. So wie die graubraune Elbe. Gut Ding will Weile haben.

MENSCH ALS HEIMAT

Kürzlich stellte mir meine Therapeutin eine für mich herausfordernde Frage: Wie sehr ist Heimat ein Mensch? In meinen Gedanken habe ich an drei Menschen gedacht. Meinen Mann, meine Mutter, meinen Vater. Mein Mann ist nicht meine Heimat. Das kam wie aus der Kanone geschossen aus meiner Gedankenproduktionsstätte. Hmm. Sofort gesellte sich die Frage nach der Liebe dazu. Die konnte ich klar bejahen, also war ich wieder beruhigt. Doch was machte dann den Unterschied aus zwischen meinem Mann und den anderen zwei Personen? Meiner Mutter, die in Hamburg lebt, und meinem Vater, der in Dubrovnik lebt? Auf die Frage, ob meine Mutter Heimat war, kam ein zögerliches „Ja" als Antwort – also ein „Jein". Die deutsche Sprache bietet hiermit eine elegante Lösung, wenn etwas nicht eindeutig ist. Bei meinem Vater kam ein klares „Ja". Ich liebe alle drei Menschen und habe eine enge innere Verbindung zu ihnen.

Zu meinem Mann kann ich sagen, dass er Amerikaner ist, der in Hamburg lebt und ganz klar zu wissen glaubt, dass Deutschland nicht seine Heimat ist. Zugegeben, ich hege die Hoffnung, dass er Hamburg gegenüber heimatliche Gefühle entwickelt – immerhin sind sich Boston und Hamburg in vielerlei Hinsicht ähnlich – und dass er so wie ich die Elbe lieben lernt. Er ist mit der deutschen Sprache auch nicht so gut vertraut. Obwohl, hungrig und durstig würde er nicht aus einem Restaurant gehen. Völlig politisch inkorrekt ausgedrückt: Er trägt in sich eingraviert das typisch amerikanische Mindset „Yes, I can …

and I love it". Es motiviert einen selbst, wenn man neben ihm steht. Mit dieser Einstellung verliert das Wort Hindernis an Bedeutung. Außerdem sprechen fast alle Englisch. Hamburg sah er lange als eine Zwischenstation im Leben, bevor er wieder nach Boston zöge. Seine Heimat. Ihm fehlen das Vertraute und die dortigen Gegebenheiten. Zum Beispiel der ungezwungene Plausch Fremder im Fahrstuhl über das Wetter, statt kompletter, fast unangenehmer Stille in einem Fahrstuhl in Deutschland. Und dass es in Boston mehr Sonne gibt. Verstehe ich vollkommen. Und dass die Menschen etwas fröhlicher in die Welt gucken. Er stellt sich oft die Frage, warum die Menschen hier auf der Straße, in der U-Bahn oder im Geschäft oft so traurige oder angestrengte Gesichter haben. Wenige lächeln einen an. Und dass der Service so viel besser ist, vermisst er – und ich auch. Jeder kennt den Ausdruck „Servicewüste Deutschland". Nachdem ich in den USA einige Zeit verbracht habe, weiß ich ganz genau, was er meint. Und seine anderen zwei Kinder nennen die USA ihr Zuhause. Ich vermute, viele meinen, die Amerikaner seien eher oberflächlichen Gegebenheiten zuzuordnen. Das weiß ich vor allem deswegen, weil ich selbst lange so gedacht habe. In dem Punkt habe ich meine Meinung revidiert. Nicht nur wegen meines Mannes, sondern wegen all der guten Menschen, die ich dort kennenlernen durfte. Hinter die Kulissen schauend und (ganz wichtig) die Vorurteile ablegend, eröffnete sich mir eine neue Welt. Wenn mir die Kassiererin an der Supermarktkasse ein Kompliment wegen meines Rocks machte, dann habe ich das dankend angenommen und mich gefreut. Ich finde nicht, dass, wenn in Deutschland kein Kompliment an der Kasse gemacht wird, die Verkäuferin mehr Tiefgang beweist. Verstehst du, was ich meine, lieber Leser?

Doch Hamburg ist mehr als nur Zwischenstation für uns geworden. Ich denke, auch in den Augen meines geliebten Mannes. Hamburg ist die Stadt, in der wir bisher die meiste Zeit als Familie verbracht haben. In der unser Sohn aufwächst, seine Freunde hat, die zum Spielen kommen, zu denen er zum Spielen geht. Auf jeden Fall ist es unseres Sohnes Heimat. Er lehrt seinen Daddy die deutschen Wörter. Hamburg ist eine Stadt, die uns echte Freunde geschenkt hat. Viele gemeinsame Abendessen und American Barbeques.

Zu meiner großartigen Mutter kann ich sagen, dass sie Kroatin ist und auch einen deutschen Pass hat. Mama lebt in Hamburg. Aber Hamburg hat sich für sie lange nicht als Heimat angefühlt. Vielleicht weil sie nicht hier verwurzelt ist. Ihre Kindheit, ihr Erwachsenwerden, fanden in Dubrovnik statt. Ihre Freunde, ihre Geschichten, ihre Erinnerungen, der erste Kuss, der erste Freund, der erste Job, das erste Auto – all das ist fest mit Dubrovnik verknüpft, das damals in Jugoslawien lag.

Ihre Heimat ist Dubrovnik. Alle ihre Freunde sind dort. Sie kann ihre Emotionen und Gedanken auf Kroatisch am besten zum Ausdruck bringen. Auch die dortige Art zu leben liegt ihr mehr. Das Bedürfnis nach Kaffeetrinken tagsüber oder Wein abends ist in Dubrovnik groß. Nicht nur des guten Kaffees oder Weines wegen – sondern weil man sich so am reichen sozialen Leben beteiligt. Gedanken und Gefühle austauscht. Und Tratsch. Die Männer orakeln über die politischen Geschicke des Landes.

Freunde und Familie haben dort einen hohen Stellenwert. Es ist nicht unüblich, dass einige Generationen unter einem

Dach leben. Es ist auch nicht unüblich, dass Freunde des Öfteren zusammen ausgehen. Spontan, nicht Wochen im Voraus geplant. In Tavernen und Restaurants gibt es Live-Musik. Heimische. Musik ist Leben. Mit Musik drückt man auch seine Emotionen aus. Und die kroatische Sprache geht da sehr in die Tiefe. Manches ist für mich auch nur in meiner Muttersprache auszudrücken, nachzufühlen und zu erfahren. So auch für meine Mutter. Sie wäre am liebsten dort. Wenn sie die Vorteile von Deutschland mitnehmen könnte. Vor allem das gute Gesundheitssystem. In ihrem Alter und mit ihrer Geschichte ein Muss. Kroatien laufen die Ärzte davon. Es herrscht, den Nachrichten zufolge, ein Mangel an Medizinern. Stark unterbezahlt. Das Gesundheitssystem systematisch unterernährt. Die Krankenkasse in einem langen Zahlungsverzug. Dies wirkt sich auf die Spitäler aus. Sie sind oft in einem ausgehungerten Zustand. Auch die Apotheken bekommen ihr Geld teilweise erst sechs Monate später. Habe ich gelesen. Krankenschwestern arbeiten hart. Auch unterbezahlt. Wartezeiten für alles Mögliche sind lang, für eine MRT drei bis sechs Monate. Natürlich kann man private Ärzte besuchen und beste Leistungen sofort bekommen. Einmal brauchte ich dringend einen Arzt wegen starker Rückenschmerzen. In meinem Urlaub. Also ab in die Privatklinik. Ich hatte Sorge, dass die Rechnung meine finanziellen Möglichkeiten übersteigen würde, als die Assistentin diese mit dem Laserdrucker ausdruckte. Das Papier war noch nicht draußen, aber der Druckmenge und -dauer nach zu urteilen konnte es nur eine beträchtliche Ziffer sein, dachte ich. Eine gründliche Untersuchung des kompletten Skeletts bei einem der bestaussehendsten Orthopäden der Welt, eine MRT des ganzen Rückens, Diagnose, Schmerztabletten, Therapievorschläge. Es waren genau 1 Stunde und

45 Minuten vergangen zwischen dem Moment, als ich durch den Eingang getreten war, und dem Moment, als ich wieder hinausging. Die Rechnung betrug um die 140 Euro. Für mich bezahlbar. Für jemanden mit lokalem Gehalt nicht. Das durchschnittliche Gehalt beträgt in Kroatien etwa 500 Euro. Jeder, der dort schon mal den Supermarkt im Urlaub erkundet hat, weiß, dass sich die Preise von denen in Deutschland kaum unterscheiden.

Mein Vater ist meine Heimat. Er ist in Kroatien verwurzelt. Das gibt auch mir Stabilität und ein Gefühl von Beständigkeit. Ich weiß, wo ich ihn finden kann. Etwas, was ich in Hamburg oft vermisst habe, ohne es zu wissen. Rückblickend kann ich das erkennen, auch dank meiner Therapeutin Judith, die nicht aufhört, Fragen zu stellen, und mich zwingt, Antworten zu suchen, auch in den tiefsten Tiefen. Mein Vater ist ein wahrhaftig besonderer Mensch. Er bringt die Vergangenheit zum Leben. Er ist sich seiner Wurzeln sehr bewusst. Und seiner Geburtsregion Konavle sehr verbunden. Er ist ein Visionär. Einer von der Sorte, die man mehr ehren wird, wenn er nicht mehr unter uns weilt. Ich glaube, erst dann wird man auf sein Werk blicken und begreifen, wie viel er der Region gegeben hat. Diejenigen, die kurzfristig denken, werden dann erst den Reichtum seines Denkens und seiner Aktionen erkennen. Er ist leitendes und verwaltendes Mitglied in einem Verein für Denkmalschutz in Dubrovnik. Diese Gesellschaft finanziert sich zum Teil durch die Eintrittseinnahmen der Altstadtmauer. Sie investiert die Einnahmen in die Renovierung, die Instandhaltung und den Wiederaufbau der Denkmäler in Dubrovnik und Umgebung. Meines Vaters größter Einsatz und zweifellos größter Erfolg war, meiner Meinung nach, bei der Rekonstruktion und dem

Wiederaufbau der Burg Sokol Grad, Falkenstadt. Lieber Leser, gehe dorthin und genieße den Klang der Stille. Schaue dir alles ganz genau an und du wirst verstehen. Die Region Konavle ist der südlichste Teil des Landes und wird oft nicht gebührend wahrgenommen. Durch Sokol Grad, unter anderem, hat sie an Attraktivität gewonnen. Eine neue Straße wurde zu Sokol Grad gebaut. Die Infrastruktur dadurch gestärkt. Ein Grund mehr für kulturinteressierte Touristen, zu diesem Ort zu kommen und auch eines der lokalen Restaurants zu besuchen. Den lokalen Wein zu trinken. Ein Weingut zu besuchen. Sein jetziges Projekt, das er unermüdlich in seinem Alter von fast 70 verfolgt, ist der Wiederaufbau einer Festung aus der Österreichisch-Ungarischen Monarchie, aus dem Jahre 1850, auf der Halbinsel Prevlaka. Die Idee ist, eine geschichtliche Verbindung zu Europa zu schaffen, in Form eines Denkmals, das automatisch den infrastrukturellen Ausbau bedeutet, der in diesem Teil der Region für die Zukunft ausschlaggebend sein könnte. Interessierte, Einheimische und Touristen werden bequem mit dem Auto hinfahren können auf der ausgebauten und asphaltierten Straße. Familien werden „Schiffe versenken" spielen, andere bei einer schönen Aussicht aufs Meer speisen können, nachdem sie das Maritime Museum besucht haben. Die Bewohner werden einer Arbeit nachgehen, die den Lebensunterhalt sichert. Vielleicht werden dann auch mehr Häuser dort gebaut. Eine neue Lebensader entsteht in einer naturverbundenen, grünen Gegend, die Balsam für die Seele ist. Die einzige Sünde meines Vaters ist die leidenschaftliche Hingabe an seinen Heimatort und die erschaffende Verbundenheit mit seiner Herkunft. Mögen auch andere dies als Sünde haben.

Ich gelange zu der Erkenntnis, dass ich die heimatbezogenen Empfindungen meiner Mutter, meines Vater und ebenfalls meines Mannes aufsauge und sie als meine Empfindungen wahrnehme. Auch wenn es sich für manche wundersam oder dergleichen anhört, genau das passiert in meinem Inneren. Ich nehme ihre Empfindungen wahr und denke, es seien meine. Aber ich kenne meine nicht. Wo ist für mich meine Heimat? Die Frage drängt sich mir auf, jeden Tag intensiver und intensiver. Wieso ist sie so schwer zu beantworten? Das Gefühl, nicht ertragen zu können, keine Klarheit darüber zu besitzen, wo meine Heimat ist, ist mein steter Begleiter. Nicht auszuhalten. Ich suche wie noch nie nach meiner Heimat. Eine Suche, die an der Supermarktkasse bei Edeka stattfindet, im Zug, beim Duschen, beim Orthopäden, beim Staubwischen.

Ist meine Heimat Hamburg? Vielleicht hat sich Hamburg lange nicht als Heimat angefühlt, weil es keine war. Weil die Anfänge mit Schwere, Angst, Ohnmacht, Tränen, Vermissen, Sorgen, Unverständnis, Unsicherheit behaftet waren. Diese Begriffe und die dahinterstehenden Gefühle klebten an Hamburg wie ein Kaugummi, den man nicht mehr los wird. Zutiefst lästig. Beklemmend sogar.

DIE ERSTE ZUGFAHRT MEINES LEBENS

Es war der 16. November 1991. Wir kamen am Hamburger Hauptbahnhof mit dem Zug an. Aus München. Davor saßen wir in einem anderen Zug durch Österreich. Davor in diversen Bussen. Zwischenstopp in einer anderen Flüchtlingsunterkunft. Und davor waren wir auf einer Fähre, die erst mal ins feindliche Gebiet zur Durchsuchungskontrolle musste. Mehrmals Umsteigen in einer sehr kalten Nacht. Bahnhöfe, Bahngleise, unverständliche Durchsagen, Kälte bis in die Knochen hinein. Angst, nicht nach Deutschland gelassen zu werden. Wir waren Flüchtlinge. Wir zeigten unsere Pässe. Mutter sagte, dass es gut sei, dass wir sie haben. Viele andere Menschen hatten nicht mal dazu Zeit oder Gelegenheit gehabt. Drei Mal zeigten wir unsere Pässe. Wir wurden gefragt, wo wir hinwollten. „Tante – Hamburg – visit". So oder ähnlich antwortete meine Mutter. Vielleicht sprach auch die Cousine mit dem Kind, denn sie konnte Deutsch sprechen. Jedenfalls in Kroatien. Hier herrschte ein anderes Deutsch. Wir waren alle zusammen im Abteil. Meine Oma, Opa, Tante im siebten Monat, Cousine mit Kind, meine Mutter und ich. Auf dem Weg zu der Schwester meiner Oma. Sie wohnte schon 30 Jahre in Hamburg. Bei ihr konnten wir unterkommen, bis sich alles beruhigt hat. Also vielleicht in ein, zwei Monaten. Wir hatten Glück mit der Tante, die schon so lange in Hamburg lebte.

Ein Mann in Uniform kam. Angst machte sich wieder breit. Wer war das? Wurden wir jetzt wieder zurückgeschickt, dahin, wo wir herkamen, zu den Sirenen, Bomben, Detonationen, Kellern ohne Elektrizität und Wasser, welches nicht aus dem Hahn kam? Was würden wir dort essen? Dann Entwarnung – es war nur der Schaffner. Die Uniform merkten wir uns. Er wollte nur unsere Tickets sehen. Nachdem wir in München umgestiegen waren, machte sich ein zarter Anflug von Erleichterung breit. Ab hier würde es keine Passkontrollen mehr geben. Wir würden nach Hamburg durchkommen. Es sollte noch etwa 8 Stunden dauern. Hamburg Hauptbahnhof. Ich meide ihn heute noch, wenn ich kann. Dammtor ist mir lieber.

Wir haben vorher von der Tante die Warnung bekommen, nicht in Harburg auszusteigen. Harburg klingt wie Hamburg. Ist aber nicht die gleiche Station. Wahrscheinlich wären wir in Harburg stilistisch betrachtet besser aufgehoben gewesen.

Die Tante wohnte in Wellingsbüttel. Wir waren viele. Aber viele Koffer hatten wir nicht. Sie rief uns ein Taxi, zwei waren dann notwendig. Sie war Kellnerin in einem Restaurant, wo wir kurz darauf unterkommen konnten. Die Taxifahrt mit zwei Taxen vom Hamburger Hauptbahnhof nach Wellingsbüttel musste sie ein Vermögen gekostet haben. Ihre Wohnung war im 3. oder 4. Stock, ohne Fahrstuhl. Eine Wohnung, in der wir alle unterkommen konnten. Groß war sie. 60 Quadratmeter. Sie wohnte dort mit ihrem Mann, der bei OBI arbeitete. Herbert und Tante Nina. Es gab eine Diskussion. Ich verstand nicht, weshalb wir nicht alle gemeinsam in ihrer Wohnung bleiben konnten. Sie hatte gegenüber, in dem Restaurant, wo sie arbeitete, zwei Zimmer organisiert. Ihre Vorgesetzten hatten sich entschlossen, uns mit einer Bleibe zu helfen. Für die ein, zwei Monate, die wir bleiben sollten. So ein wundervolles, vornehmes Restaurant. Mit Zimmern zum Einlogieren. Sehr elegant. Und auch mit Zimmern, die früher den Bediensteten zur Verfügung gestanden hatten. Dort konnten wir unterkommen. Schlicht waren sie, aber sie gaben uns, was wir nicht mehr besaßen. Ein Bett und ein Dach über dem Kopf.

Ich bin diesen Menschen, die eine offene Hand hatten, bis heute dankbar. Die Dankbarkeit stellte sich allerdings erst später ein, als meine Menschenwahrnehmung feiner wurde. Herr Randel lebt nicht mehr. Ein sehr angenehmer, freundlicher Mensch. Mild im Auftreten. Er war mein Maßstab für Freundlichkeit. Seine Frau, eine anmutige Schönheit. Streng im Auftreten und vom Aussehen. Einer dieser Menschen, zu denen man aufschaut und sie sich als Beispiel nimmt. Es gibt Menschen, die einen lange begleiten.

AUTOMATISMUS

Ja, da war es wieder. Es war im Dezember 1991, in Poppenbüttel. Ich ging nach draußen, irgendwohin. Wahrscheinlich einfach nur spazieren. Einen anderen Grund hätte ich ja nicht gehabt. Ein Flugzeug flog über mir. Schon laut, aber nicht so laut, um sich ducken zu müssen. Ich war 11, aber ich kann mich erinnern, zu mir selbst gesagt zu haben: „Es ist nur ein Flugzeug mit Passagieren – kein Flugzeug mit Bomben." Es ist erstaunlich, wie schnell man sich einen Schutzautomatismus aneignet.

Wie wunderbar fand ich es, meine Hände unter dem Wasserhahn zu waschen. Es gab fließendes Wasser im Überfluss. Unglaublich. So ein wohliges, sicheres Gefühl. Die sechs Wochen davor hatte ich mir meine Hände mit dem Wasser aus einer Flasche gewaschen. Heute noch achte ich darauf, Wasser gut zu behandeln. Man merkt, was man hat, wenn man es nicht mehr hat.

Auch der Lichtschalter tat, was er tun sollte. Die Heizung auch. Der Supermarkt war offen. Und ganz schön teuer. Mama wollte nicht irgendwelche sozialen Leistungen für Flüchtlinge erhalten. Sie fragte, ob sie irgendwas arbeiten könne. Einen regulären Job durfte sie nicht ausüben, da sie mit ihrem Flüchtlingsausweis keine Arbeitserlaubnis erhielt. Dann kam eine Anfrage aus dem Freundeskreis meiner Tante. Den Garten von Blättern befreien. Ich könne auch mitkommen und Mama helfen. Ich tat es. Ich trug eine dicke Jacke – für kroatische Verhältnisse – sowie Stoffturnschuhe, ein Paar normale Socken und eine Hose, die definitiv 2 cm zu kurz war. Aber es war meine. Handschuhe besaß ich nicht. Einen Schal hatte ich an jenem Tag auch nicht dabei.

ERSTE ARBEITS- UND BEKLEIDUNGSERFAHRUNGEN IN DEUTSCHLAND

Mit den Händen haben wir die Blätter eingesammelt und in Plastikmüllsäcke geworfen. Ich glaube, drei oder vier Stunden waren wir dabei. Ich hatte panische Angst, dass man mir die Finger abschneiden müsste, wenn wir fertig waren. So kannte ich es aus Filmen, wenn jemand erfrorene Körperteile hatte. Meine waren erfroren. Mama und ich bekamen unser erstes erarbeitetes Geld in Deutschland. Bar auf die Hand. Wir waren stolz wie Oscar – oder einfach nur froh, gleich in den Supermarkt gehen zu können und Tomaten für Opa zu kaufen. Die mochte er, wir alle. Aber die Tomaten hier schmeckten nicht nach Zuhause. Sie rochen nicht mal nach etwas. Sie waren aber eindeutig rot und immer noch Tomaten. Überhaupt nichts schmeckte wie zu Hause. Auch nicht das einfache Weißbrot. Und die Bäckereien hatten seltsamerweise nachts zu. Aber wurde das Brot nicht in der Nacht gebacken, damit es morgens frisch auf den Tisch kam? Hier nicht.

Solche Arbeiten, wo man Bares auf die Hand bekam, wurden mit der Zeit immer mehr. Für Mama. Als Putzfrau. Schnell merkten wir, dass sie in Deutschland so schnell keine Hotels würde leiten können, was früher ihre Arbeit gewesen war. Doch ihre Englischkenntnisse würden sie später doch noch etwas weiterbringen.

Wir sahen der Wahrheit ins Gesicht. Für Deutschland waren wir nicht korrekt gekleidet. Eine dicke Jacke bedeutete hier einfach etwas anderes. Und Stoffturnschuhe konnte man im Winter eben nicht drei Stunden draußen tragen. Wenn man sich nicht die Zehen amputieren lassen wollte.

Unsere Tante organisierte Freunde, und sie – und Freunde von Freunden – gaben alles, was sie nicht mehr brauchten, in schwarzen Müllsäcken an uns. Hosen, Jacken, Shirts, Socken, Unterhosen, Schuhe. Wir sollten durch die Sachen gehen, bevor sie sie zum Roten Kreuz brachten.

Viele Sachen waren in einem so guten Zustand, dass ich mich wunderte, weshalb jemand sie weggeben wollte. Es gab kein Loch. Es gab keinen Fleck. Komisches Volk, diese Deutschen.

Und nun trug ich die Unterhosen eines anderen Mädchens. Auch die Hose von jemand anderem. Die Sachen wurden nie richtig zu meinen eigenen. Doch ich wusste, ich hatte keine Wahl. Also trug ich diese Bekleidung, als wäre sie meine. Das waren die Sachen, die nicht zum Roten Kreuz gingen.

Die anderen haben sich auch etwas aus den Säcken ausgesucht. Auch meine hochschwangere Tante.

Sie musste sich nach der Geburt doch einiges kaufen. Still-BH, Stilleinlagen, Gurte für den Bauch. Ich kann mich noch an das Geschäft erinnern. Es lag im AEZ. Unten im Keller. Lauter Baby- und Mamasachen. Überteuert, fanden wir. Vielleicht nur überteuert für uns.

SCHULE – HURRAAAAAAHHHNEIN

Auch das Gute an dieser schlechten Lage musste irgendwann enden. Ich sollte in die Schule. Es wunderte mich, wozu, wenn wir sowieso bald wieder zurückgingen. Dann konnte ich doch zu Hause weitermachen, wo ich aufgehört hatte. Stand aber nicht zur Diskussion. Mama konnte sehr streng sein.

Die Schule war etwa 25 Minuten Fußweg entfernt. Es gab keinen wirklich kürzeren oder schnelleren Weg dorthin. Ich bin mit meiner lieben Mama zur vereinbarten Zeit dorthin und verstand gar nichts. Ich sah in das Gesicht einer Lehrerin, die meine sein sollte. Die internationale Klasse, MVK genannt. Steht für „Multinationale Vorbereitungsklasse". Ich wurde dort behalten, und meine geliebte Mama sollte sich umdrehen und gehen. Ich weiß, sie stand am Zaun und vergoss dicke Tränen. Man sagte ihr, sie solle sich keine Gedanken machen, in ein paar Monaten werde ich Deutsch sprechen. Aber für sie war ich ein kleines, verlorenes Mädchen, das sich nicht mitteilen konnte. In einem unbekannten Umfeld, vollkommen auf sich allein gestellt, in einer fremden Schule. Sie hatte Recht.

In der Klasse waren nicht so viele Kinder. Ich kann mir den lustigen Jungen Lee aus Vietnam ins Gedächtnis rufen. Der blonde Viktor kam aus Russland, so wie Oxana. Dann war da das ganz liebe Mädchen aus Schweden. Sie wuchs mir ans Herz, ging aber bald fort, zurück nach Schweden. Ihr Vater hatte wohl eine andere Stelle bekommen. Marcia aus Jamaica sollte zu meiner besten Freundin werden. Sie war drei Jahre älter. Probleme waren vorprogrammiert. Mit 18 wurde sie zum ersten Mal Mutter, und etwas später zog es sie nach Jamaica zurück, wo sie sich verliebte, blieb und Mutter von fünf Kindern wurde.

Schon ein paar Wochen später gesellten sich Alma, Zeki, Vedran, Zinalda und noch einige andere dazu. Sie kamen alle aus Bosnien. Ich sollte sie begrüßen und ihnen etwas über die deutsche Sprache erzählen. Ich erzählte, dass es Buchstaben mit Strichen in diesem Land nicht gab. Und was es stattdessen gab. So weit reichten meine Kenntnisse.

Sie wohnten in Containern, im Flüchtlingsdorf, das man auf die Schnelle errichtet hatte. Wenn man das Wort „Container" sagte, verband ich es stets mit Müll. Ich wusste nicht, wie man dort als Mensch leben konnte. Aber man konnte es. Sie mussten es. Sie hatten in Bosnien Häuser mit Gärten bewohnt. Große Häuser. Kleine Häuser. Hier bewohnten sie Container. Mit Zeki und Vedran bin ich noch lose in Kontakt. Zeki ist zurückgegangen und Vedran ist von Deutschland nach Australien ausgewandert.

Meine ersten Tage und Wochen an der Schule waren mit vielen Tränen verbunden. Ich wollte dort nicht noch mal hin. Ich weigerte mich. Erfolglos. Ich musste. Ich weinte. Ich weinte, weil ich keine schlechte Note bekommen wollte, weil ich meine Hausaufgaben nicht verstand und folglich nicht bearbeiten konnte. Bis tief in die Nacht brütete ich über einem abgenutzten Wörterbuch und übersetzte die einzelnen Wörter, um zumindest etwas machen zu können, um eine 1 zu kriegen. Das war verwirrend. Eine 1 ist hier sehr gut. Eine 1 in Kroatien bedeutet kläglich, unmissverständlich durchgefallen. Das kroatische Notensystem war mir vertraut, und hier war das Notensystem verdreht. Komisches Land.

Ich habe so viel gelernt, so viel. Ich war es gewohnt, viel zu lernen. Zwei Jahre bevor ich nach Hamburg kam, hatte ich den ganzen Sommer damit verbracht, Kyrillisch zu lernen. Meine Mutter hatte zu der Zeit ein kleines Hotel in BIH übernommen und geleitet. In Međugorje. In der dortigen Schule hatte man eine Woche „normal" und eine Woche Kyrillisch geschrieben. Und sowieso, gute Noten waren eine Selbstverständlichkeit in meiner Familie. Quasi angeboren. Also tat ich, was ich konnte – viel lernen. Viel weinen auch. Nach etwa einem halben Jahr sollte ich in die deutsche Klasse wechseln. Ich fühlte mich unter den Nicht-Deutschen, die Deutsch sprachen, mittler-weile sehr wohl. Ich wollte nicht schon wieder in ein neues Umfeld kommen. Mit Jugendlichen, deren Muttersprache Deutsch war. Ich fühlte mich überfordert statt geehrt. Doch vielleicht würden wir vorher sowieso zurückgehen, sagte ich mir.

Im Jahr 1992 habe ich den Hamburger Sommer zum ersten Mal erleben dürfen. Ich habe bis Oktober auf ihn gewartet.

FREIHEITSBESCHNEIDUNG

Ob es heute noch so ist, weiß ich nicht, aber in Dubrovnik oder in Međugorje, Bosnien – wobei sich die Schule in dem nahegelegenen Ort Čitluk befand – konnte man zur Schule sein Essen und Trinken selbstverständlich mitnehmen oder sich ein Sandwich kaufen. Was man wollte. Schwarzbrot war keine Option, das gab es dort nicht. Nur leckeres, weiches, wohlschmeckendes Weißbrot. Mit Mayo oder nicht, mit Käse und Schinken. Eingewickelt in Alu- oder Plastikfolie. Dazu Saft, meistens Capri, oder Sprite, Fanta, Cola in der Dose. Wasser stand irgendwie nicht zur Auswahl.

So war ich nun dort mit meiner Fantadose – andere mit geschmierten Schwarzbroten aus der Brotbox und einer Trinkflasche Wasser. Zuerst sagte man mir, an dieser Schule seien keine Dosen erlaubt. Ich war 12. Innerlich flippte ich aus. Wieder Freiheitsbeschneidung. Kann ich denn nicht trinken, was ich will und woraus ich will?! Totales Unverständnis, beidseitig. Nein. Von den Dosen musste ich mich verabschieden. Von Cola und Fanta somit auch. Da alle die trockenen Schwarzbrote aus irgendwelchen Körnern mitbrachten, fing ich auch damit an. Ging nicht lange. Konnte ich nicht essen. Eklig, hart, sauer – das war nichts für mich. Ich habe mich mit weißem Toastbrot zufriedengegeben, denn das Weißbrot in Deutschland fand ich damals – und finde ich auch heute noch – nicht so lecker und kuschelig. Und Schokoriegel gab es auch. Manchmal ein paar. Irgendwie musste ich ja den Tag einigermaßen unbeschadet überstehen. Ich dachte, es herrschten unmögliche Verhältnisse an der Schule, denn man durfte nicht trinken, was man mochte. Heute weiß ich, die Schule wollte mit gutem Beispiel vorangehen, den Aluminiummüll reduzieren und das Bewusstsein der Kinder für gesündere Alternativen schärfen. Entweder hat es die Schule geschafft oder die Bravo oder die Frauenmagazine, die ich in den nächsten Jahren las – aber seit der Pubertät habe ich nur etwa 5 Mal Cola oder Sprite getrunken. Wasser ist mir nun am liebsten. Meinem Sohn auch. Aber das körnige Schwarzbrot nicht. Weißbrot pur oder am liebsten mit einem Liter Olivenöl. Geht nicht oft. Da wird er in seiner Freiheit beschnitten, oder sein Bewusstsein für Gesundes wird geschliffen.

DULDUNG

Die für uns zuständige Ausländerbehörde lag gleich am Hauptbahnhof. Im Bieberhaus. Wir mussten oft dorthin, um unsere Flüchtlingsaufenthaltserlaubnis verlängern zu lassen. Alle drei Monate. Praktisch hieß das: Morgens um 4 losfahren, bis 7 anstehen, damit man auch ja eine Wartenummer bekam, und falls nicht, am nächsten Tag wiederkommen. Wir standen in einer Reihe mit vielen Menschen, darunter solche, denen ich mitten in der Nacht lieber nicht begegnet wäre. Manche aus meinem eigenen Land. Manche aus Nachbarländern oder auch nicht.

Feinheit, Freundlichkeit, zuvorkommendes Verhalten oder einfach nur zivilisiertes Verhalten waren dort absolute Mangelware. Ich habe mich immer gescheut, dort hinzugehen. Es gab Menschen, die unschöne Dinge sagten. Aber auch solche, die unschön behandelt wurden – von den Sachbearbeitern. Letztere waren eindeutig überlastet. Dass die meisten „Besucher" kein Wort Deutsch sprachen, war keine Hilfe. Die Sachbearbeiter redeten laut. Als würde das helfen, irgendwas besser zu verstehen. „Sie! Braaaauchen! Ein! Neues! Foto!" Oder so: „Sie! Müssen! Das! Land! Verlassen!" Nun ja, ich denke, diesen Satz wollte ja auch niemand verstehen. Unmenschliche Verhältnisse sowohl vor dem Bieberhaus als auch drinnen. Irgendwann zog die Ausländerbehörde in die Amsinckstraße. Alles war dort etwas größer. Eine Verbesserung sah ich allerdings nicht. Immer noch Anstehen von 4 bis 7, um eine Nummer zu bekommen. Falls man eine bekam.

Ansonsten gab es ja noch den darauffolgenden Tag. Überforderte Sachbearbeiter. Überforderte Ausländer. Das Wort darf man heute nicht mehr benutzen. Etwas besser klingt: Überforderte Menschen mit Migrationshintergrund.

Später bekamen wir eine neue Aufenthaltserlaubnis, die Duldung. Der Name machte mir damals nichts aus. Aber je mehr meine Sprachkenntnisse voranschritten, desto mehr verstand ich seine Bedeutung: Auch wenn es so aussieht – du bist hier nicht willkommen. Ich dulde dich. Aber bald bist du weg. Sehr bald. Bis dahin halte ich dich gerade noch aus. Willkommen in Deutschland. Damals reichte auch die verkürzte Version: in Deutschland. Diese Worte bedeuteten eine Grundstimmung beim Aufwachen. Sie bedeuteten Freiheit. Sicherheit. Möglichkeiten. Putzstelle.

OPA STIRBT

In Hamburg bin ich 5 Mal umgezogen innerhalb der ersten 9 Jahre. Vom Randelrestaurant zu einer Familie nach Sasel – sie überließen uns ein Zimmer in ihrem Haus. Dann fanden wir eine eigene Wohnung zur Miete im Kornweg. Ein Reihenhaus, Rotklinker. Das war 1993. Im Untergeschoss der Keller und das Bad, im Erdgeschoss das Wohnzimmer, im ersten Stock die Küche und das einzige Schlafzimmer. Das Dachgeschoss war nicht zur Nutzung verfügbar. Das Praktische und Notwendige war, dass dieses Reihenhaus möbliert war. Einrichtung aus der Nachkriegszeit. Nach dem Kornweg ging es in eine Mietwohnung in Sasel, dann in eine in Poppenbüttel. Dann in eine in der Innenstadt. Diese empfanden wir als Glück im Unglück.

Doch als wir im Kornweg wohnten, klingelte eines Tages das Telefon. Festnetz. Falls sich noch jemand daran erinnert. Die Cousine meiner Mutter war dran. Sie wollte Mama sprechen. Mama war da, aber so übermüdet, dass sie mir mit der Hand das Zeichen gab, zu sagen, sie sei nicht anwesend. Emotional und mental war sie es auch nicht. Also war es nicht gelogen. Doch die Cousine rief noch mal an. Und meinte, es sei dringend. Mama hörte es und tat so, als sei sie gerade heimgekommen. Sie nahm den Hörer mit einem Lächeln an. Ihr Gesicht verzog sich jedoch sofort zu einem Ausdruck tiefer Trauer. Ich hörte sie fragen, während ich durchs Fenster an ihr vorbei schaute: „Wann ist es passiert?" – „Wie ist es passiert?" – „War jemand dabei?" Dann legte sie auf. Ich fragte, was denn passiert sei. Sie antwortete, dass Opa einen Herzinfarkt gehabt habe. Er sei sofort tot gewesen. Oma habe ihn gefunden. Er sei in das Blumenbeet bei Tante Ivka gefallen. Das war seine Schwester. Und es waren zwei Monate, bevor er in Rente gehen sollte. Und etwa drei Monate, nachdem sie wieder in Dubrovnik waren. Zumindest konnte er in seiner eigenen Heimat den letzten Frieden finden. Meine Liebe zu Nono – das ist Italienisch für Opa, so nannte ich ihn, der den Namen Niko trug – war unglaublich tief. Ich freute mich immer darauf, ihn wiederzusehen. Aber da wurde nie wieder etwas draus. Seit fast 2 Jahren hatte ich ihn nicht gesehen. Wir wollten zumindest zur Beerdigung. Daraus wurde aber auch nichts. Zum einen, weil wir gar nicht über die finanziellen Mittel verfügten, um mit dem Bus zu reisen, und zum anderen, was wahrscheinlich das Ausschlaggebendste war, weil wir mit der Aufenthaltserlaubnis nicht das Land verlassen konnten. Verlassen schon, aber man würde uns nicht wieder hereinlassen. Und so fand der letzte Abschied von Nono ohne seine ältere Tochter und ohne seine Enkelin statt. Für meine Mama eine weitere emotionale Verausgabung.

KONTAKT – GEWÜNSCHT UND UNERTRÄGLICH

Wenn man einen lieben Menschen hat, der gerade nicht durch seine Präsenz erstrahlt, dessen Hand man nicht halten, dessen Wange man nicht küssen kann – dann konnte man zumindest über das Telefon sprechen. Das waren noch Festnetzzeiten.

Der 6. Dezember 1991 und die darauffolgenden Tage waren der Horror. Wir in Hamburg. Mein Vater, mein Stiefvater und der Vater des ungeborenen Kindes meiner Tante – sie alle und noch viele andere in Dubrovnik. Dubrovnik stand unter konstantem Beschuss. Luftangriffe, die nicht aufhören wollten. Feindlich gesinnte Soldaten, die sich unweit der Stadt eingenistet hatten und sie übernehmen wollten, schossen mit Granaten, Bomben und automatischen Waffen. Die historische Altstadt, das UNESCO-Welterbe, ausgebrannt. Die roten Dächer eingestürzt, die Wände zu Asche geworden. Der Rest der Stadt war genauso unter Beschuss. Es gab kein Festnetz. Es gab keine Verbindung mehr. Es konnte keiner erreicht werden. Keiner von denen, die wir liebten und sehnlichst vermissten, war für uns erreichbar. Was wir hatten, außer einer unbeschreiblichen Sorge, war die Hoffnung, dass sie noch am Leben waren und unversehrt. Obwohl die Nachrichten eher etwas anderes vermuten ließen. Aber vielleicht hatten sie einen guten Keller zum Verstecken gefunden. Vielleicht einen, der eine Luftbombe abfangen konnte. Welcher konnte das schon? Mein Stiefvater und der Mann meiner Tante waren in die kroatische, ad hoc aufgestellte, Armee eingezogen worden.

Wo waren sie an solchen Tagen? Mein Vater musste nicht zur Armee, wegen seiner schweren, wenn auch überstandenen Krankheit. Wir fühlten eine gewisse Erleichterung, aber dann auch wieder nicht, denn wir konnten nichts tun. Von Sorgen paralysiert, lebten wir die nächsten Tage so vor uns hin. Versuchten, über alle möglichen Kanäle etwas herauszufinden. Ohne Erfolg. Nur der Fernseher gab etwas her. Und auch das nur dürftig. Berichterstatter, die man kaum verstand. Bilder, die zu traumatisch waren. Die Tomaten, die wir hatten, aßen wir nicht. Was hatten unsere Lieben zu essen? Zu trinken? War ihnen kalt? Hatten sie genug Kerzen, damit sie in der Dunkelheit des in unserer Fantasie existierenden Stahlkellers etwas sehen konnten?

Hoffentlich waren sie am Leben.

Sie sollten alle am Leben bleiben. Physisch unversehrt. Aber nie mehr war etwas so, wie es einmal gewesen war.

Das Zimmer, das wir in dem großen Haus in Sasel, in der Konrad-Reuter-Straße, bewohnten, hatte eine eingebaute, kleine Küche. Also eine Herdplatte und ein Waschbecken. Einen Esstisch und ein Doppelbett. Mein Schreibtisch mit Lampe und einige Stühle. Und Schrägen – es war im Dachgeschoss. Fensterrollos, die eindeutig zu viel Licht hereinließen.

Dann fing es an. Mein Vater rief regelmäßig einmal in der Woche an. Meist am Wochenende. Festnetzzeiten. Ich lief hinunter. Meistens antwortete zuerst die Hausherrin. Ich weiß nicht, wie sich mein Vater ihr mitgeteilt hat, wie er ihr gesagt hat, dass er gerade mit mir sprechen wollte. Wahrscheinlich sagte er nur: „Petra bittt tte." Ein weißes Telefon. Der Hörer kam in meine Hand und an mein Ohr. „Hallo? Wie geht es dir?" „Gut. Und dir?" „Gut." Dann lange Stille. Keiner von uns beiden konnte mehr sagen. Für Smalltalk waren mein Vater und ich nun mal nicht gemacht. Sich in einem ungezwungenen Redefluss mitzuteilen auch nicht. Alles andere erschien trivial. Wir wussten, was wir wussten. Er liebte mich und vermisste mich. Ich liebte ihn und vermisste ihn. Die Stille war unerträglich. Beinhaltete jedoch alles, was wir fühlten an Sehnsucht. Ich wollte nicht mit ihm sprechen. Es tat zu doll weh. Das Leiden war mir zu viel. Alles war mir zu viel. Jedes Telefonat war eines zu viel an Schmerz. Wie viel kann man aushalten? Einiges.

VATER KOMMT ZU BESUCH

Inzwischen waren etwa drei Jahre vergangen, seit Vater und ich uns das letzte Mal gesehen hatten. Mama und ich wohnten zu der Zeit noch in Sasel. Endlich eine passable Wohnung. Die Miete ging eindeutig über unsere Verhältnisse, aber Mama arbeitete Tag und Nacht. Neben der Ausbildung war noch eine Stelle in der Apotheke dazugekommen, weitere Putzstellen, Hemden bügeln, Nachtschichten in Pflegeheimen, Arbeit in der Blindenstiftung. Ich war es gewohnt, alleine zu leben. Ich konnte es, seit ich etwa 5 war. Jetzt war ich knapp zehn Jahre älter. Damals war ich alleine mit dem Bus zum Kindergarten gefahren. Andere Zeiten, anderes Land, andere Gegebenheiten. Heute für meinen Sohn undenkbar. Viel zu gefährlich hier für ein kleines Kind. Man weiß nie, was für Menschen einem auf der Straße begegnen. In Dubrovnik kennt man sich. Es ist ein „old school" Überwachungssystem. Dem wachen Auge des Nachbarn entgeht nichts und niemand. In Hamburg käme man wahrscheinlich bei einer Affäre gut davon. Oder man könnte sie lange unbeobachtet und unentdeckt genießen. Knapp 2 Millionen Einwohner gegenüber 50.000 in Dubrovnik. Die Gerüchteküche fängt dort schon an, wenn man nur in eine bestimmte Richtung blickt. Nachteile eines kleinen Ortes und Vorteile einer größeren Stadt. Aber, sollte man sterben, alleine in der Wohnung, würden keine 60 Tage vergehen, bis man entdeckt wird. Wenn man die Bild lesen würde, bekäme man den Eindruck, dass eben genau das des Öfteren vorkommt. Hat auch Vorteile, nicht in einer großen Stadt zu leben.

Am Telefon teilte mein Vater mir mit, dass er und meine noch nicht Stiefmutter nach Hamburg kämen. Er, um mich zu sehen, und sie, um ihre Schwestern zu besuchen. Ein Teil ihrer Familie, zwei Schwestern und ein Bruder, waren durch Zufall auch in Hamburg gestrandet. Der Mann einer Schwester war in der Kriegszeit rausgegangen. Vielleicht um Äpfel zu holen. Er war nicht mehr lebend zurückgekommen. Er hat zwei Kinder hinterlassen. Sie wohnen heute noch in Hamburg und haben hier ihre neue Heimat gefunden. Eine wunderbare, warmherzige Familie.

Meinen Vater – meine Güte – hatte ich so lange nicht gesehen. Kaum am Telefon gesprochen. Ich war nun ein Teenager. Einige grüne Strähnen zierten mein Haar. Mein Gesicht war mit fast weißem Make-up bedeckt. Es schauten zwei pechschwarz angemalte Augen heraus. Schwarze Hose, schwarzer Rollkragenpulli. Ich machte auf Punk. Eigentlich weniger aus modischen und trendigen Gründen als aus praktischen. Der Look war gerade in. Ich hatte ihn aus der Bravo. Dieses Outfit bedurfte nicht vieler Teile. Es war sparsam. Zu mehr reichte es einfach nicht.

Am nächsten Tag sollte ich ihn sehen. Er war in Hamburg. Beide waren bei ihrer Schwester untergekommen, irgendwo auf St. Pauli. Wir trafen uns, glaube ich, bereits bei der U-Bahn. Das Erste, was mir auffiel, war, dass ich vergessen hatte, wie Vaters großer Kopf aussah. Er war älter geworden. Gerade um die 40. Humpelte. Wir waren fast wie zwei Fremde. Aber die Sehnsucht war es nicht. Ein Augenblick reicht nicht, um das Verpasste nachzuholen. Nichts wird jemals reichen, um das Verpasste nachzuholen. Es ist nicht mal verpasst. Es war einfach der Lauf unseres Lebens. Dafür haben wir einen Krieg nicht verpasst und auch nicht, wie es sich anfühlt, Angst um das eigene Leben zu haben und um das Leben unserer Lieben. Und all die sonstigen Ungemütlichkeiten, die ein Kampf mit sich bringt.

Wir umarmten uns. Es erschien mir surreal. Nicht von dieser Welt. Meine Emotionen hatte ich schon vor langer Zeit so tief unten vergraben, hinter vielen Stahltüren und Sicherheitsschlössern, dass ich sie selbst nicht mehr finden konnte.

War das mein Vater? War er es wirklich? Er war es. Ich konnte nicht aufhören, ihn mir anzuschauen. Vor allem dann, wenn er gerade nicht zu mir schaute. Er humpelte, klagte aber nicht. Er hatte einen Sehnenriss am Fuß. Keinem hatte er gesagt, dass es so schlimm war. Es war einen Tag vor der Reise passiert. Dieser herbeigesehnten Reise. Ich konnte nicht zu ihm, aber er kam zu mir. Humpelnd und ohne zu klagen. Dass er einen Sehnenriss hatte, erfuhr ich erst Tage später, kurz bevor er wieder ging.

SICH WAS SCHÖNES LEISTEN WOLLEN, KÖNNEN, DÜRFEN

Irgendwann mit 12 oder 13 begann ich, den Alster-Anzeiger auszutragen. Dabei geholfen, die Stelle zu bekommen, hat mir Caroline. Das war die Hausdame in Sasel. Bei der wir gewohnt haben. Nach der Schule, jeden Donnerstag, packte ich hinten auf mein rostiges Fahrrad eine Klapptasche drauf. Und nahm einen Rucksack mit. Aus der Druckerei holte ich etwa 300 Stück des Alster-Anzeigers. Das war so für mein Alter ok. Denn die Zeit fürs Austragen musste beachtet werden. Stichwort Kinderarbeit. Musste alles im Rahmen sein. Ich wollte endlich nach Kroatien, meine Familie zumindest besuchen. Ich wollte gerne neue, eigene Klamotten haben. Unterhosen, die neu waren. Warmes Schuhwerk für den Winter. Manchmal ein großes Eis holen ohne Gewissensbisse, weil ich Geld für so etwas ausgegeben hatte. Die Lösung war, Taschengeld zu verdienen. Meine Mama hat sehr viel geputzt, aber es reichte nicht für vieles. Also hieß es für mich – Job finden, der konform mit dem Kinderarbeitsverbot war. Bei Wind und Wetter, bei Sonne und Hitze – ab aufs Rad. Jeweils 20 Minuten Fahrradfahrt in jede Richtung. Die Fahrt auf dem Weg zurück ging bergauf. Mit einer Tonne Alster-Anzeiger hinten drauf. Dann kam das Austragen. Manche Briefkästen waren weit weg von der Straße, aber den Anzeiger einfach auf der Straße liegen lassen ging nicht. Manche Häuser konnte ich nicht erreichen, weil sie hinter hohen Zäunen waren. So schöne Häuser. Etwa drei Stunden, mit viel Hunger und Durst und ohne Toilette, dauerte das Austragen. Und das Taschengeld reichte nicht.

Ich fing an, unter einem anderen Namen noch mal 300 Alster-Anzeiger abzuholen. Das Austragen ging dann bis in die Abendstunden hinein. Ich freute mich über das Geld. Und über die paar Sachen, die ich mir leisten konnte, durfte, wollte.

Zeitungen austragen war ein Novum für mich. Ich kannte dies nicht aus meinem Land. Es gab doch Kioske. Dort konnte man sich doch eine kaufen. Auch so lokale Zeitungen wie den Alster-Anzeiger. Außerdem lagen sie im Supermarkt an der Kasse aus, sofern sie umsonst waren. Auch eine praktische Lösung. Irgendwann musste ich damit aufhören. Donnerstags habe ich meine Hausaufgaben erst sehr spät gemacht. Nach 22 Uhr. Gelernt habe ich eher nicht. Meine Mama gab mir dann ab und an etwas Taschengeld. Und ich half ihr manchmal beim Putzen von Wohnungen. Wenn die Hausdamen und -herren nicht dort waren. Meine Mama brachte mir bei, wie man Hemden korrekt und gut glättet. Dann habe ich das manchmal in meiner freien Zeit gemacht. So konnte sie noch mehr woanders putzen. Ich wollte helfen. Mittlerweile waren wir in eine 2-Zimmer-Wohnung in der Saseler Chaussee gezogen. Die musste eingerichtet und bezahlt werden.

Meine Mutter war alleinerziehend, in Ausbildung, mit verschiedenen Putzstellen und Nachtschichten in Heimen und ambulanten Diensten, und rückblickend habe ich das Gefühl und die Erinnerung, sie einige Jahre lang gar nicht gesehen zu haben. Sie pflegte zu sagen: „Wir können uns so ein gutes Leben hier nur leisten, weil du so bist, wie du bist. Sehr selbstständig und gut in der Schule. Und du machst keine Probleme wie einige andere, die wir kennen." Damals empfand ich das als Lob, denn so schien ich zu einer größeren Möglichkeit, zu einem besseren Leben, beizutragen. Heute frage ich mich jedoch, ob vielleicht doch ein Fünkchen Fluch darin lang. Denn so trug ich mit meiner sich anpassenden Persönlichkeit und dem Gutsein auch dazu bei, meine Mama jahrelang nicht richtig gesehen und erlebt zu haben. Hätte ich Probleme gemacht, hätte sie sich zwangsläufig mehr auf mich und auf die Behebung meiner Unartigkeiten fokussiert. Ich kannte diese Frau gar nicht richtig. Sie war meine Mutter. Sie wollte ein besseres Leben für uns hier – solange wir hier waren. Unsere Wohnungen hatten stets 2 Zimmer – Wohnzimmer und ein Schlafzimmer. Ich bekam immer das Schlafzimmer und sie schlief im Wohnzimmer auf der Couch. Sie legte regelmäßig Geld auf den Tisch, damit ich zum Supermarkt gehen konnte. Etwas zu essen holen und das, was sie aufgeschrieben hatte. Ihre großzügige, endlose Liebe war immer präsent. Sie nicht. Heute ist sie da, und ihre großzügige, endlose Liebe fokussiert sich auf meinen Sohn. Mein Herz geht auf, wenn ich die beiden zusammen sehe. Sie albern herum, machen sich Pfannkuchen, essen gemeinsam im Bett (verbotenerweise), reden viel miteinander, kuscheln. Es zaubert mir ein Lächeln ins Gesicht und wohl auch ins Gedächtnis.

DIE SEELE WILL LEBEN

Irgendwann – nach einigen Jahren nonstop arbeiten, ohne einen Tag Urlaub und mit vielen Nachtschichten – meldete sich der Körper meiner Mutter. Es lief nicht, wie es sollte. Und der Kopf, aber ich glaube, vor allem die Seele, konnte dieses Arbeitspensum nicht mehr verkraften. Es gab keine Auszeit. Kein Mensch kann ohne weiteres unaufhörlich im Hamsterrad laufen. Die Seele schien sich zu melden. Sie wollte gesehen und gehört werden. Sie wollte leben und widersetzte sich ihrem Tod. Zum Leidwesen meiner Mutter, die einfach arbeiten musste, um die ganzen Rechnungen zu bezahlen von Miete, Strom, Wasser und Essen. Die Grundbedürfnisse. Und vielleicht, ganz vielleicht etwas ansparen, für die Zeit, wenn wir wieder zurückgingen nach Dubrovnik.

Dann kam ein Bandscheibenvorfall – plus Depression. Sie verstand nicht, woher das alles kam. Es sei ihr doch bisher immer gut gegangen. Aber ab einem gewissen Zeitpunkt scheint ein Mensch, bei ständiger Abwesenheit von sich selbst und von sozialen Kontakten, Unternehmungen, Hobbies etc., sich selbst zu verlieren, weit weg zu gehen, irgendwohin, und nicht mehr zu merken, dass das Leben, wie es bisher existiert hatte, nicht mehr möglich war. Es konnte nicht ewig so weitergehen. Zwei, drei Wochen blieb sie zu Hause. Ich entdeckte langsam ihr Wesen. Diese Frau hatte einen trockenen, gewitzten Humor. Das war mir zuvor komplett verborgen geblieben. Und mir fiel auf, dass ich schon lange nicht mehr mit ihr gemeinsam gelacht hatte. Eine Freude kam in mir auf. Sie war zu Hause und dann noch humorvoll und nicht wegen der Nachtschicht im Bett. Wir verbrachten Zeit miteinander. Es war schön.

Aber auch das konnte nicht ewig so weitergehen. Sie musste zurück. Und alles ging wieder weiter wie vorher. Doch jetzt hatte sie ihre Helferlein. Zum Schlafen Schlaftabletten, gegen die starken Schmerzen Schmerztabletten und für eine bessere Laune Antidepressiva. Aber nichts war mehr wie vorher. Bis heute nicht. Das Leben will Spuren hinterlassen. Es erinnert uns an die Lebensumstände und an all die Entscheidungen, die wir für uns getroffen haben. Es ist weder fair noch unfair. Es ist, wie es ist. Für mich bedeutete dies noch eine Einwirkung von außen, die mir keine sichtbare Möglichkeit gab, mich heimisch zu fühlen in dieser Stadt, genannt Hamburg. Ich war alleine. Meine Mutter war alleine. Keine Oma, keine Tante, keine Cousine in der Nähe, um uns zur Hand zu gehen. Nichts, was man Familie nennen konnte. Sie waren alle irgendwo in Kroatien verstreut, aber doch zusammen. Sie konnten sich gegenseitig unterstützen. Mit Gesprächen oder einfach mit ihrer bloßen, stillen Anwesenheit. Das hier war nicht unser Land, nicht unsere Sprache. Wo war unsere Familie?

DIE ZWISCHENSTOPPS

Mama hatte Tickets für eine Busreise gekauft. Flieger gab es noch nicht. Und selbst wenn, unsere Option wäre immer noch der Bus gewesen. Voller Bus. Von Hamburg nach Split. Halt in jeder größeren Stadt. Baustellenstaus und Berufsverkehr inklusive. Warten an den Grenzen. Buskontrollen. Stichprobenartiges Öffnen der Koffer. Pässe vorzeigen in Deutschland, Österreich, Slowenien und Kroatien. Zahlreiche Stopps an Tankstellen und Restaurants. Etliche ausgezogene Turnschuhe. Die Kleidung wollte nicht zu ihnen passen. Sie passten nicht zur Kleidung. Sie waren bequem. Auch ohne bestimmte Schuhe oder Bekleidung konnte man mit hoher Wahrscheinlichkeit sagen, woher aus dem mittlerweile ehemaligen Jugoslawien jemand kam. Allseits beliebt bei Männern – die Adidas Trainingshose, oder gleich der ganze Anzug. Eine Bereicherung für alle Sinne.

29 Stunden später waren wir da. In Split. Tief einatmen. Die Luft war rein. Menschen, die eine, meine, Sprache sprachen. An mehr kann ich mich nicht erinnern. Wir holten uns ein Mietauto. Damit fuhren wir nicht direkt nach Dubrovnik. Wir fuhren schnellstmöglich nach Međugorje in BIH. Es sollte uns keiner zufällig sehen, den wir kannten, denn sonst wäre die Überraschung dahin gewesen. Eine Nacht blieben wir dort. Tauchten in die Vergangenheit ein. Es sah anders aus. Die Häuser hatten überall Punkte. Löcher. Manche waren gestopft. Mit Betonmasse. Andere Häuser existierten überhaupt nicht mehr. Geisterorte. Eisig. In der Nacht kam der Nebel aus den

Häusern ohne Fenster, ohne Türen, mit zerrissenem Dach. Die Ziegel lagen überall im hochgewachsenen Gras und in den Bäumen, die inzwischen aus den Ruinen wuchsen. Häuser mit drei Wänden, von der vierten konnte man nur erahnen, wo sie mal gestanden hatte. Wo waren die Menschen, die dort vor gar nicht so langer Zeit jeden Morgen die Tür aufgemacht hatten? Wo waren die Kinder, die nach draußen gerannt und gespielt hatten? Wo waren ihre Mütter, die die Häuser mit Wärme erfüllt hatten? Ich fühlte, während ich durch das Beifahrerfenster hinausschaute – es war eisig da drinnen.

Ich sah meine beste Freundin wieder. Daniela. Wir waren zwei Jahre lang unzertrennlich gewesen. Ihre Oma, Teta Branka, war Lehrerin. Sie hatte mir damals Kyrillisch beigebracht. Marina, Danielas Mutter, war die beste Freundin meiner Mama. Dort schliefen wir. Die Mamas erzählten sich ihre Geschichten. Zwei Leben. Sie waren gefüllt mit Enttäuschung, Verrat, Verlust, Angst und einer kümmerlichen Hoffnung auf etwas – was niemals mehr sein würde.

Ich glaube, Daniela und ich kicherten uns in den Schlaf. Am folgenden Morgen endete dieser Abschnitt unseres Lebens. Daniela habe ich später nur noch ein Mal gesehen. Einige Male geschrieben. Briefe. Per Post. Das ist lange her also. Heute schaue ich ab und an auf Facebook. Daniela ist Klassenlehrerin an der gleichen Schule, die wir besucht hatten. Oft sehe ich dort auch Diana, ihre jüngere Schwester. Sie haben Kinder. Sehen gut aus. Leben noch in der Nähe, sind dort zu Hause. Namen aus meiner dortigen alten Klasse gehen mir durch den Kopf. Daniela, Irina, Silvana. Auf mehr komme ich heute nicht mehr.

Mama und ich fuhren nach dem Abschied los. Noch mal schauen, wo wir früher gewohnt hatten. Viele Punkte auf dem Hotelhaus. Es war verlassen. Der Ort war allerdings nur einige Jahre später nicht mehr wiederzuerkennen – mit bunten, beleuchteten Kreuzen, wohin das Auge schaute. „Sobe – Camere – Rooms – Zimmer" steht heute auf fast jedem Haus. Jetzt nenne ich den Ort „Haushotel". Stände mit religiösen Objekten. Und Knock Offs. Gut gehen Gucci, Chanel und Adidas. Es gibt dort Menschen mit Unternehmergeist. Und mit Überlebenswillen. Međugorje – dort soll sich die Heilige Mutter Maria einigen wenigen Auserwählten gezeigt haben. Eine heilige Stätte. Aus der ganzen Welt kommen Menschen dorthin. Viele Amerikaner, Italiener, Engländer, Deutsche. Ich erinnere mich an einen Besuch dort, als im Hotel das Essen serviert wurde und man an der Lautstärke erkennen konnte, welcher Nationalität die Gäste waren. Die Amerikaner waren sehr laut, sprachen aber nicht durcheinander. Die italienischen Gäste waren nicht piano und sangen durch das ganze Restaurant. Gleichzeitig. Die Engländer waren medium. Die deutschen Gäste waren leise und sprachen im Vergleich langsam. Ein Balsam für die Ohren war dies manchmal. Die Besucher in Međugorje – barfuß oder auf den Knien bestreiten sie den Weg hinauf auf den Berg mit dem Kreuz. Sie finden dort und auf dem Weg dorthin etwas. Etwas, was wahrscheinlich nur sie innerlich erfahren können. Dieser ganze Ort war niemals meine Heimat.

Dann haben wir unsere Fahrt nach Dubrovnik aufgenommen. Diese Straße waren wir früher jedes Wochenende hin- und zurückgefahren – fast zwei Jahre lang. Zwei bis drei Stunden. Man kannte die Strecke im Schlaf. Es war eine lange Fahrt der

Erinnerungen. Endlich waren wir in Kroatien. Wir hielten in Ston an. Eine Stunde bis nach Dubrovnik. „Wir müssen vorsichtig sein", sagte meine Mama. Uns nicht lange draußen aufhalten. Keine lebende Überwachungskamera dürfe uns sehen. Von dort aus fuhren wir, als es fast Nacht war, nach Dubrovnik. In der Nacht konnte man den Fahrer und den Beifahrer im Auto nicht so gut erkennen. Wir fuhren zur Schwester meiner Mutter. Komisch – auch heute kann ich mich nicht an das erste Wiedersehen mit meiner Tante erinnern. Mit meiner Oma. Meinem Cousin. Er war klein. Das weiß ich. Ich kann mich mit den Gefühlen in dieser Situation nicht verbinden. Als wäre ein Schleier über der Gefühlswelt. Keine Worte und keine Bilder in meiner Erinnerung. Nichts zum Festhalten der Erinnerung, die Stadt nach über drei Jahren wiederzusehen. Das Haus meiner Tante. Wie wir aus dem Auto ausstiegen, wie wir uns alle umarmten. Das Licht ist schlichtweg – aus.

Ich sitze hier gerade an meinem Küchentisch in Hamburg und schreibe diese Worte. Ein Konstrukt ohne Innenleben. Ich wünschte, ich könnte mich mit dem Gefühlsaspekt des ersten Wiedersehens verbinden. Vielleicht war ich damals einfach zu müde von der langen, dreijährigen Reise. Auf jeden Fall – dort schliefen wir. Bei der Tante. Mama und ich in einem Bett. Meinen geliebten Vater habe ich am nächsten Tag wiedergesehen. Für ihn war es auch eine Überraschung. Auch daran habe ich keine Erinnerung.

OHNE DICH KANN ICH NICHT ALLEINE SEIN

Meine Mama ist eine kreative Frau und mit einer starken Kämpfernatur ausgestattet. Der Grund, weshalb wir gerade dann nach Kroatien gefahren waren, war, dass wir meinen Stiefvater zu seinem Geburtstag überraschen wollten. So weit, so gut. Der andere Grund war, dass einige dieser lebenden Überwachungskameras mitbekommen hatten, dass ständig eine Frau bei ihm vorbeischaute und er bei ihr. Diese Nachricht war über Telefonleitungen 2.500 Kilometer weit gereist. Viele Details waren bekannt. Beruf, Haarfarbe, Kinderzahl, Name, Anschrift, Alter, Treffpunkt, Automarke, Uhrzeit, Anfang. Mutter ging davon aus, dass diese Lady bei der Geburtstagsfeier anwesend sein werde. Und sie wollte ihn erwischen, in Verlegenheit bringen, ihr Revier verteidigen, triumphierend siegen. Sie wollte kommunizieren, dass keiner mit ihr spielte.

Wir waren angekommen in der kleinen Taverna, die mein Stiefvater, mit mäßigem finanziellen Erfolg, damals geführt hat. Er war eine Frohnatur. Egal, welchen Schicksalsschlag er auch erlitt, zumindest für mich hatte er immer eine Fülle an Witzen parat, eine Fülle an guter Zeit. Man konnte sich nur wohlfühlen in seiner Gegenwart. Als Kind war er meine positivste Bezugsperson gewesen.

Zurück zum Geburtstag. Meine Mutter und ich näherten uns der Taverne. Man hörte das Gelächter und die gute Laune schon von weitem. Wir kamen zur Tür herein. Wir wurden gesehen. Von allen. Was folgte, war Stille. Mein Stiefvater saß am Tisch, umgeben von Freunden und Bekannten. Die Absätze meiner Mutter erzeugten beim Aufsetzen der Schuhe auf den Fliesen ein helles Geräusch. Mein Stiefvater wurde kreidebleich. Weiß. Das Blut entschwand aus seinem Gesicht, bevor es zurückkehrte. Mutter sagte, schon jetzt triumphierend: „Nun, wir waren ja eingeladen." Wir gingen auf ihn zu. Es blieb ihm nichts anderes übrig, als uns zu umarmen und unglaublich glücklich zu erscheinen, dass wir da waren. Insbesondere, dass meine Mutter da war. Er wusste ja nicht, dass sie es wusste. Später bekam ich mit, dass sich draußen eine ganz andere Szene abgespielt hatte. Die andere Frau kam elegant, gut gelaunt, mit einer selbstgebackenen Torte auf dem Arm und nichtsahnend Richtung Taverne. Die Köchin fing sie wohl ab mit den News. Sie drehte sich anscheinend um, und die Torte landete im Müllcontainer.

Die nächsten Tage waren von Diskussionen, Streits und Versöhnungen geprägt. Ich nahm daran nur bedingt teil. Doch ich kann mich an die Essenz dessen erinnern, was meinen Stiefvater berührt hat. Wir waren alleine, ich glaube, er fuhr mich zu meinem Vater, und er sagte zu mir: „Petrić, deine Mutter ist sehr sauer auf mich. Ich liebe sie über alles. Aber ich kann einfach nicht mehr alleine sein ohne sie."

Alleine sein ohne sie. Rückblickend kann man seine Taten in einem anderen Licht sehen. Über drei Jahre ohne den Partner zu sein und nur telefonisch in Kontakt zu bleiben war hart. Briefe gab es auch viele. Von da an arbeiteten beide daran, dass wir zurückkommen konnten. Mein Stiefvater verwendete mehr Energie darauf, einen Zustand zu schaffen, in den wir zurückkommen wollten. Bessere Erträge, bessere Arbeitsverhältnisse. Eine Wohnung. Die Pläne steckten in den Kinderschuhen. Nach dem Krieg dauerte erst mal alles länger. Das Kind musste erst mal wachsen. Meine Mutter wollte noch die Krankenschwesterausbildung beenden. Dann wollte ich noch das Abitur beenden. Mit diesen Fundamenten konnten wir dann zurückgehen. Dachten wir. Sechs Jahre später war es fast soweit. Die geschäftlichen Anstrengungen der Jahre sollten nun fruchten. Mein Stiefvater und meine Mutter tauschten viele Fotos aus über Wohnungen und Häuser. Dann sollte mein Stiefvater ausgezahlt werden. Nicht mit Geld, sondern in Form von Schlüsseln zu einer neuen Wohnung. Er war bei dem Projekt dabei. Diese Wohnungen waren gerade erst als Fundamente vorhanden.

Mama war zu Besuch in Dubrovnik. Ich war in Hamburg. Mein Studium fing demnächst an und ich musste noch arbeiten. Einige Tage später rief sie mich mit zittriger Stimme an. Mein Stiefvater liege im Krankenhaus. Schlaganfall. Er sei einseitig komplett gelähmt. Die andere Seite könne er nicht so gut kontrollieren. Sprechen könne er nicht. Ich solle doch herkommen. Natürlich. Mein lieber Stiefvater. Meine Sonne, mein Lachen, meine Freude. Falls er die nächsten drei, vier Tage überlebte, habe er gute Chancen, hieß es. Ich flog hin. Es war Ende September 2000. Mutter brachte mich zu ihm ins Krankenhaus. Er lag da im Bett. Unfähig, etwas alleine zu tun. Das Glas mit Wasser und gebogenem Strohhalm hat ihm immer jemand reichen müssen, ob er durstig war oder nicht. Er freute sich, mich zu sehen. Sein Gesicht sah verzogen aus, die Lippen hingen herunter. Ich verstand kaum, was er sagte. Ich habe ihn an den Armen und Beinen massiert. Das tat ihm gut. Als ich in jener Nacht ins Bett ging, weinte ich mich aus. Er überlebte die nächsten vier Tage. Also insgesamt sehr gute Aussichten auf eine Erholung. Sicher werde er viel Reha machen müssen, vieles neu lernen. Aber alles überwindbar. Immerhin hatte man auch den Krieg überwunden.

Bereits vor Tagen waren seine zwei Söhne benachrichtigt worden. Sie sollen doch nach Hause kommen. Sie waren See-leute. Heute sind beide, glaube ich, Kapitäne. Wahrscheinlich auf Kreuzfahrtschiffen. Keiner kam, obwohl man bei Notfällen nach Hause geflogen wurde. Also bekam ich alle warmen Worte meines lieben Stiefvaters zu hören. Zumindest die, die ich verstehen konnte. Dann mussten wir wieder zurück nach Hamburg. Mein Studium fing an. Die Arbeit meiner Mutter wartete. Mein Stiefvater blieb im Krankenhaus. Viele Freunde kamen zu Besuch und brachten ordentliches Essen mit.

Es war die erste Woche meines Studiums. Ich war auf dem Weg nach Hause, schlenderte durch die Colonnaden. Ich hatte ein Handy damals. Ein Nokia. Es klingelte. Tante Nina war dran. Sie meinte, ich solle wieder nach Dubrovnik kommen. Obwohl ich es genau wusste, fragte ich dennoch: „Warum?" Die Antwort kam prompt: „Warum wohl? Frano ist gestorben. Ich kaufe dir das Ticket, dann kannst du zur Beerdigung. Wahr-scheinlich findet sie in zwei Tagen statt." Noch ein Flugticket konnten wir uns nicht leisten. Meine Mutter war bereits schon wieder nach Dubrovnik zurückgekehrt. Also lieh uns Tante Nina das Geld für mein Ticket.

Am nächsten Tag saß ich wieder im Flieger, dorthin, von wo ich herkam – zwei Tagen zuvor und sonst auch. Ich glaube,

meine Mutter holte mich vom Flughafen ab. Vielleicht war
es auch mein Vater.

Irgendwann war ich mit Mutter im Auto. Sie fragte mich, ob
ich ihn ein letztes Mal sehen wolle. Und ob ich das wollte. Sie
auch. Sie rief in der Leichenhalle an, damit sie uns hineinlie-
ßen. Sie fragte mich mehrmals, ob ich mir auch sicher sei. Ich
bejahte genauso oft. Wir gingen hinein. Es war kühl drinnen.
Ich sah ihn vor mir liegen. Ohne die gegebene Umgebung
hätte man meinen können, er mache gleich seine Augen auf
und erwache aus seinem Schlaf. Er sah so lebendig aus. Ich
verstand nicht, dass er nie wieder „Petrić" sagen würde. Ich
würde nie wieder mit ihm lachen über seine Witze. Es würde
keine Witze von ihm mehr geben. Nie wieder. Bis in alle Ewigkeit. Meine Mutter und ich konnten nicht aufhören zu weinen.
An was anderes erinnere ich mich nicht.

Wir fuhren zu Franos Bruder Luko und seiner Frau Rajka. Dort
kamen wir für die Nächte unter. Die Schlüssel zu Stiefvaters 30
Quadratmeter-Mietwohnung hatte die Familie an sich genommen. Damit wir nichts Wertvolles entwendeten. So hatte ich
das über den Bruder mitbekommen. Meine Erinnerung ist
etwas verschleiert, doch ich meine, jetzt war zumindest ein
Sohn angekommen. Zur Beerdigung. Der andere nicht. Was
ihn wohl aufgehalten hatte. Ich weiß es nicht. Meine Mutter
und mich wollte man bei der Beerdigung nicht dabeihaben –
so ließen es der eine Sohn und seine Eltern über den Bruder
Luko kommunizieren. Die Eltern meines nie gewordenen Stiefvaters sprachen nicht mit uns. Eine lange Zeit war alles gut
gewesen, aber seit einigen Jahren wollten sie mit uns nichts
zu tun haben. Das hatte zuerst sehr wehgetan. Vor allem, weil

uns der Grund für den Kontaktabbruch unbekannt war und bis heute unbekannt geblieben ist. Sie waren bei der Beerdigung nicht dabei. Weshalb, weiß ich auch nicht, vielleicht des Alters wegen.

Bei seiner Beerdigung nicht dabei zu sein, war für uns keine Option. Er war meiner Mutter Partner und mein nie gewordener Stiefvater. Also standen wir bei der Beerdigung wie zwei Verlassene da, abseits seiner Blutsfamilie. Der Brauch war nämlich so: Um den Sarg herum, in einem separaten Raum, standen die engsten Verwandten, bevor die Beerdigung stattfand. Sie standen nach familiärer Nähe geordnet: Ehepartner, Kind, Bruder, Onkel, Enkel – die genaue Reihenfolge ist mir nicht ganz bekannt. Demnach hätte meine Mutter ganz vorne stehen sollen. Sie war zwar nicht offiziell seine Frau – nicht im Standesamt besiegelt. Doch sie war seit 15 Jahren seine Partnerin. Uns war die korrekte Reihenfolge egal. Sie sagte nichts darüber aus, wie viel Liebe und Trauer aus dem Herzen eines Menschen strömten. Noch brachte die korrekte Reihenfolge den geliebten Toten in Menschenform wieder. Die Reihenfolge war da, um in so einer hilflosen Situation doch noch irgendetwas tun zu können. Sie vermittelte den Schein, etwas tun zu können. Und manchmal war sie da, um falsche Eindrücke für Außenstehende zu vermitteln, um den Schein zu wahren.

Es kamen Menschen zum Sarg und gingen dann zu der Familie, um ihr Beileid auszusprechen. Ich hatte das Gefühl, das alles würde nie enden. Ich konnte vor Weinen, Trauer und Schluchzen kaum diesen bodenlos tiefen Verlust wahrnehmen, aushalten, durchhalten. Ich wollte nur alleine sein und endlos trauern.

Ich erkannte meine Stiefmutter. Sie war gekommen. Es lag in der Natürlichkeit des bisherigen Lebensverlaufs, dass mein Vater nicht kommen konnte. Aber er wusste seinen Respekt mir und meiner Mutter gegenüber würdig vertreten zu lassen. Ich war ihm und ihr unendlich dankbar für diese Geste. Als hätte jemand, der mir die Welt bedeutete, der meine Heimat war, mich gesehen. Mein Vater hatte mich als ein fühlendes Wesen anerkannt. Auch wenn ihm mein Stiefvater nichts bedeutet hatte. Jedenfalls nichts Gutes. Trotzdem hatte er Größe gezeigt. Und ich war dankbar, eine Hand zu drücken, die ich kannte. Die mir vertraut war. Das war auch die einzige, an die ich mich erinnern kann. Alle anderen ausgestreckten Hände zum Händedruck und „mein Beileid" sagend – ich kann mich an keine erinnern. Vielleicht noch an die Köchin Anka aus der Taverne. Sie war ein besonderer, warmer Mensch. Alles andere, sowie die Beerdigung selbst und die Zeit danach, liegt im Nebel der Erinnerung verborgen.

Mein Stiefvater hat einen Schmerz hinterlassen. Es war keine Lücke, es war ein Schmerz. Aber er hat auch wundervolle Erinnerungen von sich bei mir gelassen. Heute, wenn ich in Dubrovnik bin, gibt es bestimmte Situationen, wo ich ihn „Petrić" sagen höre. Zum Beispiel, wenn ich eine Tüte Bonbons an der Supermarktkasse in die Einkaufstüte stecke. Was mit meinem Sohn dort oft passiert.

NORDSEE

Ich war 16 und auf dem guten Weg, den Realschulabschluss zu machen, bevor ich die Schule wechseln würde, um das Abitur zu machen. Seit drei Jahren rauchte ich wie ein Schornstein. Eine Packung pro Tag etwa. War cool. Immer noch Punk, jetzt mit Bomberjacke. Mutti gab mir Taschengeld. Wenig. Mein Vater schickte mir etwas Taschengeld. Auch wenig. Alles wenig, wenn man so viel rauchte. Michaela, meine beste Freundin aus der Klasse, hatte einen Job bei Nordsee gefunden. Fisch- und Fischbrötchenverkauf. Für mich hatte sie gleich auch einen Job gefunden. Manchmal arbeiteten wir in der gleichen Schicht nach der Schule, manchmal versetzt. Sie ging darin voll auf. Redete gerne mit den Kunden. Machte und verstand deutsche Witze. Bewegte sich frei in der Küche auf dem ständig nassen Boden. Fasste den Fisch beherzt mit ihren Händen an. Sie mochte die Chefin. Das war unsere einzige Gemeinsamkeit dort. Ich mochte die Chefin auch. Und das Geld auf dem Konto am Ende des Monats. Ich bekam den Gestank tagelang von meinen Händen nicht los, und wenn, dann musste ich gerade wieder hin. Der Fisch rutschte mir ständig aus den Fingern. Ich war super langsam, damit ich nicht ausrutschte und mir womöglich ein Bein brach auf dem ständig nassen Boden in der Küche. Ich verstand die deutschen Witze nicht und machte auch keine. Ich lächelte so oft ich konnte. War immer nett. Aber nach etwa sechs Monaten habe ich mich gefragt, weshalb ich mich so abmühte, wenn es doch im AEZ auch andere Geschäfte gab. So ein schönes Einkaufszentrum. Ich ging von Geschäft zu Geschäft und fragte nach Arbeit für Schüler. Ich kam zu Peek & Cloppenburg. Ich dachte eigentlich an den Verkauf. Doch ich kam ins Lager. Herrlich. Ganz anders als Nordsee. Kein Gestank – jedenfalls nicht nach Fisch. Eher nach „Made in Indonesia". Keine Witze, die ich nicht verstand. Niemand, den ich anlächeln musste, konstant. Ich tat es gerne jetzt. Wo ich nicht musste. Und nicht konstant. Meistens war ich nachmittags alleine im Lager. Habe sortiert, aufgehängt, ausgepackt, gezählt. Fühlte mich wohler. Die Arbeit bei Nordsee sah mich nie wieder. Meine Freundin Michaela fand es erst gar nicht gut, dass ich die Biege machte. Aber sie mochte Nordsee, und ich nun mal nicht. Ich mochte mein Lagerteam, Herr Eggers und den Rest. Ich blieb über zwei Jahre dort. Fast alle kannten mich – also diejenigen, die irgendwann am Nachmittag ins Lager mussten. Wurde mit „Frau Kapetanić" angesprochen – was ich super witzig fand. In meinem Alter wurde ich „Frau Kapetanić" genannt und gesiezt. Das passierte einem in Kroatien nicht. Ich glaube, dort wird man erst dann gesiezt, wenn man auch danach aussieht. Ich habe die Karte immer abgestempelt. Bekam Urlaubstage und Urlaubsgeld. Weihnachtsgeld gab es auch. Manchmal habe ich auch mehr als vereinbart gearbeitet. Irgendwann übernahm ich die Schichten im Verkauf. Männerhemden oder Damenhosen. Männerhemden verkaufen ging gut. Damenhosen – na ja, im Gegensatz zu den Hemden wurden sie immer anprobiert und ich sollte oft meine Meinung dazu sagen. Das tat ich in vielen Fällen lieber nicht. Stattdessen sagte ich, es sehe toll aus und dass ich noch andere Modelle habe, die ich empfehlen könne und die sicher noch besser aussähen. Sobald ich einen Satz sprach mit der Kundschaft, fragten mich die meisten, wo ich denn herkomme. Man hörte es am rollenden „RRRRRRR". Viele kannten Dubrovnik. Ich wollte aber, dass man mein rollendes „RRRRRRR" nicht hörte. Manche wollten in dem Alter super schlank sein, andere längere Haare oder größere Brüste haben. Ich wollte, dass mein „R" nicht rollte. Ich wollte dazugehören und nicht gleich entlarvt werden, dass ich es nicht tat. Heute habe ich dazu eine andere Haltung. Das „R" rollt majestätisch. Es hatte eindeutige Vorteile, im Lager zu arbeiten. Aber die Arbeit bei P&C war insgesamt angenehm. Geregelte Arbeitsverhältnisse. Die Schule war auch zu bewältigen. Ebenso die Arbeit nebenbei noch mit meiner Mutter. Hemden bügeln. Wohnungen putzen. Die eigene auch.

SOMMER, SONNE, SAND

Nachdem der Krieg 1995 zu Ende ging, fuhr ich jeden Sommer in den Ferien nach Dubrovnik. Für mindestens vier Wochen. Die meiste Zeit war ich bei meinem Vater. Das heißt, ich übernachtete dort. Denn tagsüber verbrachte ich einen Großteil meiner Zeit am Strand und bei Familienbesuchen. Abends kam das süße Leben. Vater gab mir etwas Taschengeld – was immer mehr als ausreichte. Ich war sparsam. Es fühlte sich an, als gäbe er mir die Luft zum Atmen. Raum zum Sein. Gelegenheiten zum Entdecken. Einige Scheine in der Hand zu halten eröffnete einem so viele Möglichkeiten. Auszugehen, sich einen Drink zu bestellen, ein Eintrittsticket für den Club zu kaufen, zu tanzen, vielleicht mit jemandem. Und es reichte noch für den Bäcker um 5 Uhr morgens auf dem Weg nach Hause. In Dubrovnik haben fast alle Bäcker 24/7/365 auf. So sehr in Deutschland die Menschen mit albanischem Migrationshintergrund für ihre Clanmachenschaften, insbesondere auf der Reeperbahn, bekannt sind, oder für den Organschmuggel, so sind sie in Dubrovnik als die besten Bäcker berühmt. Frisch gebackenes, noch heißes Weißbrot. Man hielt es in der Hand, wenn es gerade 5 Minuten zuvor aus dem Ofen gekommen war. Die Kruste knusprig, das Brot heiß. That's it. Aufhören konnte man nicht, bis alles alle war. Auch die Pizza Calzone schmeckte gut um 5 Uhr morgens auf dem Weg ins Bett. Vielleicht teilte man sich die Calzone mit jemandem.

Das Geld, das ich verdiente, gab ich schon aus, bevor ich nach Dubrovnik kam. Das meiste für das Busticket. Aber auch für Bikini, Minirock, High Heel Sandalen, Push-up BH, Make-up, wasserfeste Mascara. Wer immer sich im Sommer in Dubrovnik befände, auf dem Stradun, am Wochenende, und männlich war – würde große Augen machen. Ich konnte euch nur raten: Macht den Mund zu und lasst euch nichts anmerken.

Die Mode dort lebte am Leib der Frauen, sie bebte und bescherte dem, der das nicht gewohnt war, ein unvergessliches Erlebnis. Wunderschöne Frauen, manche einfach mutig, manche beides. Die Beine reichten bis zum Hals, erfolgsgekrönt von Riemchen-High Heels. Der Blick auf die Beine wurde nicht durch unnötiges Material versperrt. Alles, was nicht sein musste, blieb weg. So eine heiße Sommernacht vertrug fast nichts. Allen wichtigen Rundungen wurde der erhabenste Respekt entgegengebracht. Die weichen Lippen, gekonnt in Szene gesetzt, erzählten etwas. Die Augen waren der Blick in die Seele, beschützt von vollen, langen Wimpern. Die Haut war zartbraun und schimmerte wie bei „Tausendundeine Nacht". Die Haut duftete nach zarten und zugleich kräftigen Düften, die einem in die Nase stiegen. Es wurde einem schwindelig davon. So viel wahre Schönheit, wohin das Auge sah. Dies muss die Geburtsstätte von Venus gewesen sein. Anders war das nicht zu erklären. Alle diese Frauen waren in katholischer Manier erzogen. Irgendwann würden sie sonntags zur Messe gehen, sich in den Beichtstuhl setzen und nichts zu beichten haben. Ich wurde auch katholisch erzogen, aber nur bis zum 11. Lebensjahr.

Tagsüber bräunte ich meine Haut am Strand. Wälzte mich hin und her, damit alles schön gleichmäßig von der Sonne liebkost werden konnte. Ich fand, mein Bikini war zu breit hinten. Ich machte ihn schmaler. Es sollte möglichst viel Haut braun werden. In Hamburg würde ich die Sonne nicht so schnell wieder sehen.

Meine Oma Pave, väterlicherseits, wohnte noch in der Nähe der Altstadt. Zusammen mit meinem Onkel, seiner Frau und meinen zwei Cousins. Mein Vater nahm mich morgens um 7, auf dem Weg zur Arbeit, im Auto mit, und bevor ich irgendwo hin oder zum Strand ging, besuchte ich sie. Etwa hundert Stufen steuerten auf ihre Wohnung zu. Sie führten auch zurück. Meine Oma Pave, „baba" nannte ich sie, war für mich ein ganz besonderer Mensch. Sie machte uns Kaffee. Manchmal kam noch eine Nachbarin vorbei. Es war nicht die Wohnung der Familie, sondern sie lebten dort lediglich und bereiteten sich darauf vor, das Haus in Konavle wieder aufzubauen und dorthin zurückzuziehen. Die Nachbarn waren stets neugierig, wer da mit Pave Kaffee trank. Viele kannten mich noch nicht.

Einen kleinen Gemüsegarten hatte sie dort. Ich half, ihn morgens zu gießen. Diese roten, saftigen Tomaten rochen wie Tomaten, auch auf zehn Meter Entfernung. Sie schmeckten nach Kindheit, Glücklichsein, Geliebtwerden von Oma. Die Familie arbeitete mit Hochdruck daran, das Haus aus der Asche zu holen und neu aufzubauen. Es ist ihnen einige Jahre später auch gelungen. Meine geliebte Oma fand sich dann wieder in ihrer Umgebung.

PASS AUF, WAS DU DIR WÜNSCHST, ES KÖNNTE WAHR WERDEN

Bei einer Wohnung habe ich ganz große Augen gemacht. Meine Güte – mitten im Zentrum Hamburgs. Da waren meine Mutter und ich donnerstags oder samstags. Samstags konnte ich mithelfen. Es war eine Altbauwohnung, 150 Quadratmeter oder mehr. Ein schönes Treppenhaus samt Eingang. Kein Fahrstuhl. 4. Stock. Meine Aufgabe war es, vier bis fünf große schwarze Müllsäcke voll mit Zeitungspapier in den Kellerraum zu bringen. Nachdem ich die Toilette gründlich geputzt hatte. Mutter hat sich das immer noch mal angeschaut. Nicht dass ich was vergessen hätte. Habe ich nie. Irgendwann kontrollierte sie es nicht mehr.

Aber der Müll – drei Mal hoch und runter mit prallen Säcken. Weiteren Sport musste man die Woche über nicht mehr machen. Muskeln und Kondition wurden ausreichend aufgebaut. Aber die Wohnung war so schön. Die Straße war so schön. Hamburger Innenstadt, mit der Alster und der Fontäne. Elegant gekleidete Menschen überall. Das Hotel Vier Jahreszeiten. Ach, habe ich die Aussicht genossen. Glücklich waren die, die dort leben konnten. Was haben meine Mutter und ich fantasiert auf dem Weg dorthin, und auch auf dem Weg zurück hatten wir noch genug Kraft für diese Fantasien darüber, wie es wäre, dort zu wohnen.

Wir wohnten nun in Poppenbüttel. Tolle neue Wohnung. Diesmal mit zwei Schlafzimmern. Paragraph 5-Schein. Bekamen wir. Und die Wohnung. Endlich. Platz genug für jeden von uns. So gut gelegen und alles erreichbar.

Eines Tages, etwa ein Jahr später, liefen die Dinge nicht so glatt mit der Ausländerbehörde. Wieder mal. Es muss ungefähr Anfang 2000 gewesen sein. Unser Anwalt beriet uns. Mutter musste das Land verlassen, um kurze Zeit später wieder zurückkommen zu können. Wohl ein gestopftes Schlupfloch heute. Meine Erinnerung ist verblasst. Es ging alles sehr schnell. Der Mann, bei dem wir putzten, sagte, im Haus sei eine Wohnung frei. Colonnaden? Ja. Wer konnte sich denn dort eine Wohnung leisten? Wir nicht. Aber so schnell gab es keine Alternative. Es passierte alles innerhalb von Wochen. Wir wollten nicht in die Colonnaden, nicht nachdem wir diese tolle Wohnung in Poppenbüttel ergattert hatten. Zudem war die Wohnung in den Colonnaden sehr eigen. Etwa 65 Quadratmeter, wieder nur ein Schlafzimmer. Damit konnten wir leben. Aber nicht mit den roten Seidentapeten. Und der Nachkriegsküche. Der Strom ging aus, wenn der Föhn und die Kaffeemaschine gleichzeitig an waren. Dort hatte eine Grande Dame gelebt, die auf der Reeperbahn eine Kneipe betrieben hatte. Sie war vor kurzem verstorben, und die Wohnung war sofort zum Einzug bereit. So sagte man uns. Wir nahmen die Wohnung an. Und die Tapeten ab. Und handelten eine ordentliche Küche aus. Und installierten moderne Elektrik. Der Mann aus dem dritten Stock bürgte für uns. Ich glaube, Tante Nina lieh uns die Kaution. Meine Mutter reiste für zwei Monate aus. Ich blieb alleine, um den Umzug zu organisieren. Und Saubermachen und Schlüsselübergabe. Umzug samt Einpacken und Kisten schleppen und dann Einzug. Auspacken, montieren, schieben. Ich entdeckte, dass ich Freunde hatte.

Niels und Max. Und die hatten Autos. Sie sind einige Male hin- und hergefahren mit Kartons. Für den Möbeltransport hatte meine Mutter jemanden gefunden, bevor sie wegging.

Das Leben ging weiter – fürs Abitur lernen, arbeiten. Die Arbeitsstelle bei P&C in Poppenbüttel war jetzt weit weg. Das Gymnasium auch. Bei der Arbeit kündigte ich schweren Herzens. Fand aber sofort einen neuen Job im Schuhgeschäft Mercedeh an der Ecke in der Gänsemarkt Passage. Verrückte Schuhe. Super Team. Aber viel Kundschaft für jemanden, der abgehetzt war vom Lernen, mit mäßigem Erfolg, und dazu noch eher introvertierter Natur war, mit einem ungewollt rollenden „RRRRR". Und einer befristeten Aufenthaltserlaubnis. In Deutschland. Die verkürzte Version reichte immer weniger. Mutter ausgereist.

Meine Mutter kam nach zwei, drei Monaten wieder und erkämpfte uns eine weitere Aufenthaltserlaubnis. Und sonst änderte sich auch nichts. Außer, dass wir jetzt in den Colonnaden wohnten. Die Putzstelle war nur ein Stockwerk tiefer. Praktisch.

ABITUR

Kürzlich las ich etwas über unmotivierte Lehrer. So etwas habe ich in meiner schulischen Laufbahn nicht erlebt. Ich hatte wohl Glück. Es war nicht so, dass ich alle mochte, aber das muss man ja auch nicht. Alle Lehrer, in der Realschule und später dann im Gymnasium, waren sehr darauf bedacht gewesen, den Schülern etwas Wertvolles aus ihrem Fach beizubringen. Die Schüler waren manchmal mehr, manchmal weniger daran interessiert gewesen, etwas zu lernen. Mit einem besonders warmen Gefühl erinnere ich mich an Frau Lüddge. Das war ihr Name, sofern mich meine Erinnerung nicht täuscht. Sie war meine erste Klassenlehrerin hier. In der MVK, der Multinationalen Vorbereitungsklasse. Sie traute mir richtig etwas zu. Nach einigen Monaten in der MVK riet sie mir, mich beim Französischkurs anzumelden, der in der Frühstunde stattfand, also um 7 Uhr morgens. Wahrscheinlich dachte sie, ich besäße ein Talent für Sprachen. Dem war um 7 Uhr morgens aber nicht so. Ich habe ihn nach einem Halbjahr abgewählt. Ich verstand nicht mal die deutschen Vokabeln, und Französisch kam mir Spanisch vor. Ich erinnere mich auch an Herrn Brumm und Frau Mensing. Denen lag etwas an ihren Schülern. Sie waren streng und behutsam zugleich. Dann waren da noch die Lehrer bis zum Abitur. An ihre Namen erinnere ich mich nicht mehr. Eine Referendarin gab es auch. Ich entdeckte, dass ich Faust unheimlich gerne las. Und bei Gretchen, dem Flittchen, hinter die Kulissen schauen konnte.

Ständig erinnerten mich die Deutschstunden, die Texte, die wir lasen, sowie die Bücher an die andere Herangehensweise, als ich es von Kroatien gewohnt war. Sobald wir in der Schule lesen gelernt hatten, ging es ans Eingemachte. Gedichte auswendig lernen. Lange noch dazu, und bis zum nächsten Tag. Vorher alles durchkauen in puncto Autor und Interpretation. Bereits Ende der zweiten Klasse und Anfang der dritten habe ich Bücher gelesen. Und wir mussten das Gelesene in der Klasse wiedergeben können. Mir war immer bange davor gewesen. Mir kommt es so vor, als hätte ich bereits früh anspruchsvollen Stoff bearbeiten müssen. Und Freude daran gehabt. Lesen mochte ich. Vor der Klasse vortragen nicht.

Aber vorbei waren die Zeiten, in denen ich gute Noten, beste sogar, geschrieben hatte. Ich schleppte mich so durch das Abijahr. Müde. Angestrengt. Deprimiert. Alleine. Obwohl, nicht ganz – ich hatte sehr gute Freundinnen. Claudia, Michaela und Ann-Kathrin. Aber etwas innen in mir war dunkel. Und wurde immer dunkler. Ich machte mir keine großen Gedanken darüber. Ich nahm es einfach wahr und mühte mich zugleich mit allem ab. Mit morgens aufstehen, lernen und behalten, anziehen, essen, arbeiten, mit Menschen sein. Was ich sehnlichst wollte, war, alleine zu sein, alles abzudunkeln und auf den nächsten Tag zu warten. Vielleicht auch auf den übernächsten. Die Ergebnisse meines Abiturs haben mein Selbstbewusstsein nicht aufpoliert. Im Gegenteil. Ich war kompletter Durchschnitt. Wenn mein Vater hier gewesen wäre, hätte ich vielleicht mehr Stoff in Chemie und Mathematik verstanden. Und wäre der Unterricht auf Kroatisch gewesen, hätte mir meine Mutter viel erklären können zu bestimmten Texten und Autoren. Aber sie war zu dem Zeitpunkt nicht mal im Land. Ich war kompletter Durchschnitt. Aber zum Abi-Abschluss habe ich als Preis eine Barbiepuppe bekommen – als meinen persönlichen Oscar für die bestgekleidete Schülerin des Jahrganges. Vielleicht zählt das was bei der Unianmeldung.

Viele freuten sich nach dem Abi darauf, erst mal für ein Jahr woanders hinzugehen. Etwas von der Welt zu sehen. Eine Sprache zu vertiefen. Auch ich fing Feuer. Denn ich wusste nicht mal, was genau ich studieren wollte. So ein Jahr Auszeit käme da gelegen. Für Tierärztin oder Ärztin reichte der komplette Durchschnitt nicht aus. Ich erfuhr, was ein Numerus clausus ist. Ich las über Au Pairs. Verantwortung konnte ich gut. Kinder nicht. Hatte weder eine Begabung dafür noch eine natürliche Autorität, was bei Kindern von Vorteil ist. In einem anderen Land einen Sprachkurs zu machen, zum Beispiel Spanisch, das wäre was gewesen. Letztlich haben die finanziellen Mittel für mich die Entscheidung herbeigeführt. Im Grunde wollte ich so schnell wie möglich etwas studieren, anfangen zu arbeiten, mehr Geld verdienen. Mit dem Flieger nach Dubrovnik. Den Bus anderen überlassen. Aus dieser Perspektive kam mir die Vorstellung, ein Jahr lang durch die Welt zu reisen, wie Verschwendung vor.

FREUNDE

Ich entschied mich für BWL am Euro Business College in Hamburg. Dort konnte man den Abschluss nämlich schneller machen als an einer normalen Uni, denn der Unterricht fand jeden Tag statt. Wie ein Arbeitstag. Monatliche Raten waren erforderlich. Das Geld dafür kratzte meine Mutter zusammen, und ich arbeitete ja auch noch nebenbei. Aber den Abschluss schneller zu machen, hieß auch, früher Geld zu verdienen und diese finanziell bedingten Fesseln loszuwerden.

Die Uni wurde von unterschiedlich aufgestellten Menschen besucht. Ich erinnere mich an die Zwillinge. Sie wohnten – wohlgemerkt aus meiner damaligen Sicht, aber aus der heutigen wahrscheinlich auch – in einer überdimensional großen Wohnung über zwei Etagen mit Swimmingpool in der Elbchaussee in Hamburg. Die Wohnung, in der ich zusammen mit meiner Mutter wohnte, war so groß wie deren Küche. Für das eine Paar Hosen, die sie trugen – und sie brauchten ja sogar zwei – hätte man zehn Paar bei New Yorker oder Pimkey kaufen können. Die beiden Mädels waren immer sehr nett und zuvorkommend. Doch für mich waren sie eine ganz andere Welt. Die Welt, in die ich eintreten wollte. Zumindest teilweise. Zu der ich jedoch offensichtlich nicht gehörte. An dieser Uni traf ich auch Jennifer aus Flensburg. Sie lachte immer so herrlich und hörte nicht auf zu erzählen. Sie lud mich einmal zu sich zum Lunch ein. Und der Grieche kam auch vorbei. Alexandros. Ich lernte, was echtes Lachen hieß. Die beiden waren ein Comedian Duo. Viele schöne Momente sollten wir gemeinsam haben. Tolle Freunde lernte ich dort

kennen. Die beiden, dann Volker, und später kam noch Christina dazu, beide auch aus Hamburg. Heute ist Jenny mit
Christinas Bruder Christoph verheiratet und sie haben drei
süße Mädels. Volker heiratete auch einen Christoph. Mit der
Einladung zu seiner Hochzeit hat er mich geehrt, mehr als er
sich das wahrscheinlich vorstellen kann. Es war meine erste
Hochzeit in Deutschland. Das vergisst man nicht. Ich war sicht-
lich erfreut für ihn, und aufgeregt für mich. Sie alle sind noch
immer sehr besondere Menschen für mich. Es sind Menschen,
die es mir leichter gemacht haben, mich hier wohl zu fühlen,
als ich dachte, ich könne es nicht. Durch sie fand ich die Kraft,
mich durch das Studium zu bringen. Humor hilft. Organische
Freundschaften auch. Jenny, Christina und ich bildeten ein
festes Girlstrio. Christina ist, und war schon zu jener Zeit,
sehr gebildet und besitzt einen großen Schatz an Allgemein-
wissen. Davon konnte ich gut zehren. Eines Tages lernten wir
drei, wie so oft, gemeinsam für ein Examen. Wir unterhielten
uns jedoch über alles Mögliche. Wie wir auf dieses spezielle
Thema kamen, weiß ich nicht mehr, doch fragte Christina
Jenny, wie die Menschen hießen, die in Monaco lebten. Sie
dachte nach und sagte in ihrer spatzig-spritzigen Art „Mona-
kiner!" und kicherte, wohl wissend, dass das nicht stimmen
konnte. Sie wusste es aber nicht genau. Von Christina kam
ein bestimmtes „Nein!". Jenny überlegte weiter, kam aber
nicht auf die richtige Antwort. Ich gab ganz ehrlich zu, dass
ich es auch nicht wusste. Christina meinte, Jenny sollte so
etwas schon wissen, und ich käme ja nicht von hier, also sei
es okay, wenn ich es nicht wüsste. Obwohl es sich jetzt nicht
so liest, meinte Christina das gut. Ich wollte es aber wissen,
ich wollte aber von hier sein, ich wollte aber dazugehören,
ich wollte auch ein empörtes „Nein!" rufen. Christina lehrte
uns, dass es „Monegassen" heißt.

VIVA ESPANA, ODER DAS GROSSE SPIEGELT SICH IM KLEINEN WIDER

Nach dem Abitur hatte ich kein Auslandsjahr einlegen können. Doch während des Studiums musste ich ein Trimester im Ausland verbringen. Zur Wahl standen die Partnerunis in Dublin oder Madrid. Die Wahl fiel mir leicht. Nicht nur, weil Jenny, Volker, Alexandros und Christina nach Madrid wollten, sondern auch weil Madrid Sonne bedeutete. Weil es dort warm war. Weil ich Spanisch sehr mochte. Weil Dublin kalt und verregnet war und somit kein großer Unterschied zu Hamburg. Ich freute mich darauf, aber gleichzeitig war es eine Last. Zum einen, weil ich in der Zeit kein Geld würde verdienen können mit Nebenjobs. Zum anderen, weil ich zusätzliche Ausgaben haben würde wie zum Beispiel Unterkunft, Flug, Essen, Museumsbesuche. Den Ausgaben standen keine Einnahmen gegenüber. Für einen Monat würde es reichen, aber für drei, vier?

Ich sparte vorher an, und ich sparte auch in Madrid. Meine Mutter schickte etwas extra, für das Essen. Und gerade, als ich dachte, es ginge nicht mehr weiter – trudelte ein Umschlag von meinem Vater ein. Damit reichte es für Essen und Unterkunft. Spanien, Madrid – wieder ein anderes Land, eine andere Sprache, andere Sitten. Ich hätte mich doch freuen sollen, stattdessen überkam mich ein dunkler Schleier. Ich versuchte, ihm zu entkommen. Aber er hatte mich lieb und immer lieber. Das Lernen fiel mir schwer, ich nahm die Welt nur eingeschränkt wahr. Wurde zur Schauspielerin, die stets ein Lächeln im Gesicht trug. Rückblickend kann ich sagen, dass das Unterbewusste unglaublich mächtig ist. Es verbindet und verarbeitet – ohne dass das Bewusstsein dies erkennt. Eben dieses ein anderes Land, eine andere Sprache, andere Sitten war etwas, was ich schon einmal erlebt hatte. Unsicherheit, Stress, Ohnmacht, Verzweiflung – die Emotionen von damals waren nun die gleichen. Doch es war Spanien, das sonnige Madrid, Churros, Rioja. Madrid war aber auch nicht Heimat für mich. Freundschaften bedeuten Kraft.

TÄGLICHE ELBFAHRT (Airbus Werkstudentin)

Eigentlich war es der reine Luxus. Ich gehörte zu den Menschen, die jeden Tag eine der wundervollsten Straßen Deutschlands, die Elbchaussee, durchfahren durften und dann noch mit der Fähre über die Elbe zum Airbus Finkenwerder Werk. Herrschaftliche Häuser, alter Baumbestand, schöne Zäune, und immer ein Blick auf die Elbe und die vorbeifahrenden Containerschiffe. Ein Familienfreund arbeitete dort als Ingenieur. Er brauchte dringend Hilfe bei einigen Projekten und meinte, ich könne, bis ich einen Job fände und das Studium beendet habe, bei ihm im Büro aushelfen. Gerd hieß er, und wir sind heute noch in Kontakt. Ich frage mich, ob ich ohne ihn und mit meinem „ć" dasselbe erreicht hätte. Für diese Gelegenheit bin ich ihm sehr dankbar. Auch für das Vertrauen, das er mir schenkte, und seine Überzeugung, dass ich diese Arbeit gut würde erledigen können. Was für ein Glück, bei Airbus arbeiten zu können. Dort ging es international zu. Französisch, Italienisch, Spanisch, Englisch, Deutsch – diese und noch andere Sprachen konnte man in den Fluren hören. Ein angenehmes Gefühl, einer von vielen zu sein. Gemeinsame Sprache: Englisch.

OMA UND ONKEL FAHREN NIE MEHR IM AUTO

Meine Oma väterlicherseits war mir der liebste Mensch in meiner Kindheit. Wie bereits erwähnt. Bei ihr stand ich immer im Mittelpunkt. Sie hat sich liebevoll um mich gekümmert. Meine Bedürfnisse als Kind fanden in ihr einen großen Freund. Bei ihr habe ich immer alles gegessen. Zur großen Überraschung meiner Mutter kam ich mit einem Pfund mehr auf den dünnen Rippchen nach Hause. Die Oma hat immer alles extra klein geschnitten, extra süß gemacht, extra alles für mich gemacht. Sich hingesetzt, mit mir geredet, mir gezeigt, wie viel meine zwei jüngeren Cousins Pero und Ilija schon gegessen hatten. Das gab natürlich einen extra Ansporn. Meine Oma – die liebevolle Beständigkeit in meiner Kindheit. Als ich erwachsen wurde und wieder nach Kroatien gehen konnte jeden Sommer, habe ich wahrscheinlich die Hälfte der Zeit bei ihr verbracht. Zurück in Deutschland habe ich oft mit ihr telefoniert.

Ich arbeitete nun seit einigen Monaten als Werkstudentin bei Airbus und fing gerne schon um 7 an. Dann konnte ich früher nach Hause und hatte noch was vom Nachmittag. Und war bis zirka 9 alleine im Büro. Ich hatte mir angewöhnt, des Öfteren bei meiner Oma anzurufen, zu früher Stunde, so gegen 7.30. Dann waren alle aus ihrem Haus schon zur Arbeit gefahren und sie hatte einige ruhige Minuten, die sie gerne mit mir teilte. Auch an jenem Morgen rief ich sie gegen 7.30 an. Sie nahm nicht ab. Wenn sie draußen war, um die Blumen zu gießen, hörte sie das Telefon im Haus nicht. Auch war sie mit der Arthritis und dem Rheuma nicht so schnell. Ich habe einfach gegen 8 noch mal angerufen. Auch dann ging niemand ran. Ich beschloss, es später wieder zu versuchen. So arbeitete ich an Berichten zur Materialermüdung bei Flugzeugplatten am Flügel. Gegen 10 klingelte das Telefon. Meine Kollegin Paula nahm ab und reichte mir den Telefonhörer rüber. Mein Vater war dran. Das Erste, was ich fragte, nachdem ich seine Stimme gehört hatte, war, ob was mit Oma sei. Seine Antwort war nur: „Braco ist gestorben. Es war ein Autounfall, er war sofort tot. Die Oma ist im Krankenhaus und Dube auch. Man weiß noch nichts Genaueres." „Braco" ist die Verniedlichungsform von „Bruder" auf Kroatisch, bedeutete also so viel wie „kleiner Bruder". Sein richtiger Name war Pero. Ich legte auf und schluchzte und weinte. Im Büro brachte ich nur die Worte raus, dass mein Onkel gerade bei einem Autounfall umgekommen sei. Und meine Oma und seine Frau in kritischem Zustand seien. Paula, meine italienische Kollegin, stand auf und umarmte mich. Und obwohl ich sie nicht besonders mochte, tat es mir gut, aber es brachte das Weinen außer Kontrolle. Ich bin dann gegangen, zum Bus und nach Hause. Tagsüber fuhren die Fähren nicht regelmäßig. Also waren der Bus und der nicht so schöne Landweg die einzige Option. Die Welt veränderte sich an jenem Tag noch mal. Gravierend. Es war nun noch jemand aus meiner Kindheit verschwunden – nach meinem Stiefvater. Nicht mehr für mich da. Meine Welt wurde immer kleiner. Ich sprach mit meinem Vater. Er erklärte mir, so gut er konnte, was passiert war und wie es Oma und Dube ging.

Die Beerdigung sollte in zwei, drei Tagen stattfinden. Wenn ich dabei sein wolle, müsse ich sofort runter kommen. Ich tat es. Vor allem, weil ich meine Oma sehen wollte. Sie war die lebende Lebendige. Ich flog über Frankfurt. In Frankfurt im Flieger traf ich Nikša, den Mann meiner Tante Kate. Er war Kapitän auf einem Schiff, wahrscheinlich war er irgendwo in der Karibik gewesen und hatte sich sofort freistellen lassen, um seiner Frau und der Familie beizustehen. Wir saßen nicht gemeinsam. War auch gut so – ich war nicht in der Lage, irgendwas zu sagen. Die Trauer schnürte mir die Kehle zu. Wir landeten. Mein Vater oder meine Stiefmutter, das weiß ich nicht mehr genau, holten mich ab und fuhren mit mir zum Krankenhaus. Ich wollte unbedingt sofort die Oma sehen. Diese Drehtür des Krankenhauses kannte ich nur zu gut. Einige Jahre vorher war ich oft durch sie rein- und rausgegangen, als mein Stiefvater dort im Krankenhaus gelegen hatte. Nun lag Oma da. Dube hatte man nach Zagreb verlegen müssen wegen der Schwere seiner Wirbelsäulenverletzungen. Ich glaube, sie hat die nächsten Monate ganz still liegen müssen.

Mein Vater machte Halt vor dem Krankenzimmer und meinte, dort liege sie, ich solle reingehen. Das tat ich. Mein Herz klopfte. Aber ich sah sie nicht. Dort lag eine Frau, aber Oma sah ich nicht. Ich kam verdutzt wieder raus. Verwundert fragte mein Vater: „Wieso gehst du nicht rein?" „Wo ist sie?", fragte ich zurück. „Na, da liegt sie doch!", antwortete er. Ihr Gesicht war so verzogen und erschlafft, dass ich sie nicht erkannt hatte. Ich trat näher ans Bett und hielt ihre alte Hand mit von Rheuma und Arthritis angeschwollenen Gelenken. Altersflecke. Dünne Haut, faltig. Die Hand kannte ich gut. Sie hatte mich oft am Kopf gestreichelt. Mir das Essen klein geschnitten, mich angezogen, als ich meinen Arm gebrochen und im Gips hatte. Das war die Hand der Frau, bei der ich immer im Mittelpunkt stand. Der Freund meiner kindlichen Bedürfnisse. Ich sprach ihr gut zu, dass es ihr bald besser gehen werde. Hätte sie ihre Arme bewegen können, hätte sie bestimmt die Geste mit der Hand gemacht, die man macht, wenn man sagen möchte: „Ach was, das wird nicht mehr gut." Sie erwähnte kurz die Beerdigung. Wann sie sei und ob ich hinginge. Ich weiß nicht mehr genau, was sie mich fragte, aber so etwas hätte es sein können. Einige Wochen vorher hatte ich noch abends mit ihr zusammengesessen und wir hatten gesüßten Kamillentee getrunken, als sie meinte, sie habe genug von diesen schrecklichen Knochenschmerzen. Sie könne auch bald sterben. Sie schien sehr müde geworden zu sein vom Leben.

Ich versprach, am nächsten Tag wiederzukommen.

Es war der Tag der Beerdigung. Ich bekam dumpf klingende Gespräche mit, wer in welcher Reihenfolge zu stehen hatte. Ich sah meine zwei Cousins, die nun für immer ohne Vater und vielleicht auch ohne Mutter und ohne Oma zurechtkommen mussten. Die Oma hatte sie stets behütet. Sie waren gerade so alleine. Ich weinte um sie und nicht um den toten Onkel. Ich weinte, weil sie eigentlich noch Kinder waren. Etwa 18 und 21. Weil sie durch diesen Verlust gehen mussten. Sie waren ohne Eltern. Ohne Vater, ohne Mutter. Wie sollten sie das bloß schaffen? Ich sah sie mir an nach der Beerdigung. Inmitten eines vollen Wohnzimmers. Leute, die, wie es der Brauch war, kamen, um ihr Mitleid zum Ausdruck zu bringen und ihre Unterstützung anzubieten bei allem, was gebraucht wurde. Mein Vater und ihr anderer Onkel mütterlicherseits und seine Frau kümmerten sich um die zwei Jungs. Sie sollten bei ihnen im Haus schlafen für die nächsten Monate. Ich stand an der Tür und blickte hinüber. Ich versuchte, mich zu fassen und nicht zu weinen, während die beiden in meinem Sichtfeld blieben. Ich dachte, ich hätte kein Recht, so zu trauern. Es war nur mein Onkel. Aber ihr Vater. Das war doch mehr. Es war der Bruder meines Vaters. Sie hätten mehr Recht zu weinen. Ich beobachtete sie so, und der tiefe Schmerz um sie tat grauenhaft weh. Für einen Moment fand ich mich in einem Zwischenraum wieder. Ich stand immer noch da, wo ich stand, aber ich war gleichzeitig auch woanders, und ein anderer Gedanke ging mir durch den Kopf. Was wäre, wenn ich an ihrer Stelle wäre? Was wäre, wenn meine Mutter sterben würde? In Deutschland. Dort waren wir zwei auf uns alleine gestellt. Ein Gefühl von Einsamkeit und Hilflosigkeit breitete sich in mir aus. Ich verstand, dass da, wo ich lebte, ich keinen Onkel, keine Tanten, keinen Vater, keine Cousins und keine hundert Leute hätte, die vorbeikommen würden, um mir ihre Unterstützung anzubieten. Ich wäre komplett alleine. Eine plötzlich hereinbrechende Erkenntnis, die zu viel war. Ich wurde mir meiner Einsamkeit bewusst, die mein täglicher Freund war. Kann so ein Freund Heimat sein? Ich weinte wegen des Verlustes meiner zwei Cousins und meines Vaters, und nun auch wegen meiner Einsamkeit. Es tat schrecklich weh.

Ich besuchte die Oma noch einmal. Das war das letzte Mal, dass ich sie gesehen habe. Einige Wochen später verstarb sie an den Folgen des Autounfalls. Der Beerdigung konnte ich mit meinen tiefen Gefühlen nicht beiwohnen. Ich hätte die Beerdigung nicht überlebt. So empfand ich es. Ich flog weder hin, noch wollte ich viel darüber wissen. Der Schmerz saß im

Ursprung meiner selbst. Er stieg aus der Tiefe und durchdrang einfach alles, jede Zelle meines Körpers und jeden noch so kleinen Gedanken. Heute, wenn ich innehalte, ist das Erste, was ich fühle, ihre Liebe. Ich glaube, sie wacht darüber, dass sich in meinem Leben alles dem Guten zuwendet. Ihre Liebe durchdringt Zeit und Raum. Deutlich fühlbar.

Die Erfahrung der Einsamkeit besiegelte noch einmal mehr meinen Wunsch, eine Heimat haben zu wollen, ja zu müssen. Ich suchte fortan nach ihr. In Kroatien sagte man: „Ach, die Deutsche ist wieder da." In Deutschland sagte man: „Ach, die aus Kroatien ist wieder da." Es sah so aus, als hätten mich die Menschen genau so gesehen, wie ich mich fühlte. Nicht dazugehörig. Weder dort noch hier.

DAS KOMMT DAVON, WENN MAN KAFFEE TRINKT

Ich hatte mein Studium der internationalen BWL beendet und fing ein weiteres an – internationales Marketingmanagement. Währenddessen arbeitete ich weiterhin bei Airbus als Werkstudentin. Und suchte fieberhaft nach einem Job. Ich hatte ja einen relativ guten Abschluss gemacht. Aber irgendwie klappte es nicht. Ein Jahr verging. Selbst die mit einem weniger guten Abschluss waren schon längst beschäftigt. Ich las mir die Stellenbeschreibungen durch für Jobs für Anfänger und alle machten den Eindruck, als müsse man doch zehn Jahre Berufserfahrung mitbringen. Das Finden einer Anstellung gestaltete sich äußerst mühsam. Alle Bewerbungen stimmte ich bis auf das kleinste Detail ab. Millimetergenau. Hundert und etwas Bewerbungen. Genauso viele Absagen. Freundlich gehalten. Manche nette Menschen meinten zu mir, all meine einwandfreien Qualifikationen und akademischen Leistungen sowie viel praktische Erfahrung durch Praktika und Teilzeitstellen könnten mein „ć" nicht überdecken. Ich hegte diesen Verdacht auch, lehnte ihn aber zugleich ab. Ihn anzuerkennen hätte bedeutet, mir selbst gegenüber zuzugeben, dass ich nicht dazugehörte. Es war deprimierend, immer und immer wieder die schmerzhafte Erfahrung zu machen, mich abgelehnt und nicht zugehörig zu fühlen.

Im Sommer beschloss ich, meine wiederentdeckte Familie in Zagreb zu besuchen. Dort lebte Pero, ein Cousin meines Vaters. Er hatte eine Tochter in meinem Alter. Wir kannten uns. Und ich wollte Tante Mila besuchen. Das war die Witwe des Bruders meines verstorbenen Opas väterlicherseits. So weit, so gut. Sie meinte es allerdings zu gut mit mir. So viele Berliner wie dort habe ich im Leben nicht gegessen. Und ich wurde dazu gezwungen. Sie fand, ich sei zu dünn und solle einige Kilos zulegen in den drei Tagen, die ich bei ihr verbrachte. Allerdings, es sei ihm gedankt, hat Pero mich am Samstag abgeholt. Und wie es in Zagreb üblich war – zum Damenfriseur gebracht. Danach erschienen wir, gut gestylt, bei der Špica. Das ist die Mittagszeit samstags in Zagreb, bei der man die neuesten Modetrends und Sternchen bewundern kann beim Kaffeetrinken in der City. So ging ich nun auch zum ersten Mal an einem Samstag Kaffee trinken in Zagreb. Die Bar hieß Charlie. Pero stellte mich einigen Freunden vor. Darunter war auch ein Veljko. Wir unterhielten uns über mein Studium und meine Deutschkenntnisse. Er wollte unbedingt meine Nummer, denn er arbeitete als Berater für eine Firma mit Sitz in Deutschland. Und die suche gerade nach deutsch- und kroatischsprachigen Talenten. Es hörte sich alles viel zu gut an. Und Veljko war geschwätziger Natur. Also nahm ich das Gespräch so wenig ernst wie ihn, der innerhalb von 7 Minuten zur nächsten Bar weggeflattert war. Nur, dass ich nach zwei Wochen kontaktiert wurde vom Leiter des Unternehmens, er hieß Guido, und zu einem Vorstellungsgespräch nach Düsseldorf eingeladen wurde. Ich staunte nicht schlecht. Gab mir selbst keine Chance, durchzukommen. Die Aufregung war immens und nicht mit Worten zu beschreiben. Ein Verhör von fast drei Stunden. Ich ging nach Hause in der absoluten Überzeugung, alles vergeigt zu haben. Meine ohnehin schwächelnden Mathekenntnisse hatten mich komplett im Stich gelassen. Strategisches Denken, ja jegliches Denken war mir vor Aufregung nicht möglich gewesen. Ich nahm nur die Aufregung und meine falschen Antworten wahr. Ich fuhr mit dem Zug nach Hamburg zurück und hoffte fast, von diesem, eigentlich sehr netten, Menschen nie wieder was zu hören. Ich war fest davon überzeugt, einen sehr schlechten Eindruck hinterlassen zu haben, und ich fühlte mich nicht stark genug, um seine Kritik zu ertragen. Doch er meldete sich! Er sagte, ich solle in zwei Wochen nach Zagreb zu einem Vorstellungs-gespräch bei vier Mitarbeitern seiner Firma. Und zwei Wochen nach diesem Gespräch fing ich dort als Beraterin an. Bei einem Projekt in Kroatien. Die Erfüllung meiner Träume. Guido, an den ich mich sehr gerne erinnere, stand mir zur Seite mit vielen hilfreichen Tipps.

KAFFEEKULTUR

Kaffeetrinken hat in Kroatien eine andere Bedeutung als in Deutschland. Es ist ein gesellschaftlich verbindendes Ritual. Man setzt sich hin in einer Cafébar und bestellt einen Kaffee. Wird während der anregenden Unterhaltung bedient. Den Kaffee genießt man in vollen Zügen. Er bedeutet Pause, innehalten, sich verbinden, etwas erfahren, bewusst sein. Beim Kaffee, und auch bei Wein, werden unter anderem geschäftliche Dinge angegangen, Geschäfte abgeschlossen. Der Businesspartner kennengelernt. So ein Kaffee kann Hand und Fuß haben. In einer netten Atmosphäre. Ich habe bei meinem Projekt in Kroatien oft mit dem Klienten Kaffee getrunken, statt ein Meeting zu organisieren. Zum Leidwesen eines deutschen Projektmanagers. Wie er hieß, weiß ich nicht mehr. Er sah das Kaffeetrinken als Zeitverschwendung an und mich als eine Person, die ihre Arbeit nicht ernst nahm. Dass es genau das Gegenteil sein könnte, hat er nie in Erwägung gezogen.

Aber was die Amerikaner mit einem Kaffee machen, ist Vergewaltigung. Plastikbecher, selbst in der Schlange anstehen, um ihn zu holen, to go auch noch. In jeder Hinsicht verkehrt. Kein Innehalten, kein Genuss, keine Verbindung. Stattdessen koffeiniert man sich so weit, um arbeiten zu können, um leistungsfähig zu sein.

Hier in Hamburg ist es eine Zwischenversion. Damit kann ich leben. To go vermeide ich grundsätzlich, nicht nur bei Kaffee. Wenn ich beim Gehen Kaffee trinke und meist einige Flecken meine Shirts in Bauchnähe zieren, oder ich beim Gehen esse, verliert sich für mich die Essenz des Kaffeetrinkens oder Essens. Die Sinne nehmen den Genuss nicht wahr. Mehr die roten Ampeln, die sich anrempelnden Menschen, Wind, Hundehaufen, auf die man tritt.

HEIMATLICHES WUNSCHDENKEN

Nach einigen Jahren in der Arbeitswelt, und einigen Jahren in Kroatien, fand ich meine Heimat. Ein unglaublich befreiendes Gefühl. Dort wollte ich bleiben. Ich arbeitete in Zagreb, der Hauptstadt, für ein deutsches Unternehmen. Lebte in einem 5-Sterne Hotel von Sonntag Abend bis Freitag Nachmittag. Flog am Wochenende nach Hamburg. Doch wollte insgeheim in meiner wiedergefundenen Heimat bleiben. Zumal es auch immer anstrengender wurde, wirklich jedes Wochenende hin und her zu fliegen. Direktflüge gab es nicht. Irgendwann hatte ich das Gefühl, ich verbrachte am Wochenende mehr Zeit im Flieger und auf Flughäfen und Taxen als in Hamburg. So in etwa war es auch. Doch meine Mutter lebte hier. Und mein damaliger Freund auch. Wann sollte ich sie sonst sehen? Meine lieben Menschen.

Ich traf ihn eines Tages. Es war der erste Tag eines neues Projektes. Wir Kollegen saßen oder standen schon im Konferenzraum. Laptops aufgeklappt. Ein paar Leute des Managements waren auch schon eingetroffen. Zuletzt kam er herein. Mich traf ein Elektroschock, als er das Zimmer betrat. Mist, falscher Film. Er leitete die Firma. Zu meinem Glück war er nicht jeden Tag dort.

Die Arbeit mochte ich irgendwann nicht mehr. Die Mehrheit meiner Kollegen verstand etwas anderes unter Kollegialität als ich. Die subtilen, messerscharfen Attacken zehrten an meinen Kräften. Das Projekt selbst lief gut. Fand ich auch. Für mich war die Zeit gekommen, mich nach einer neuen Stelle umzusehen.

Zum ersten Mal dachte ich an eine Stelle in Kroatien. Zagreb. Die Stadt war übersichtlich, aber größer als Dubrovnik. Im Winter hatte man ausreichend Kulturprogramm. Dubrovnik ist eine Stadt des Frühlings und Sommers, vielleicht des Herbstes, aber bestimmt nicht des Winters. Gute, echte Freunde fand ich in Zagreb. Die Zeit mit ihnen war der reinste Genuss. Jede einzelne noch so kurze Sekunde. Meine Ladies zu verlassen gefiel mir also nicht. Ich schrieb dennoch Bewerbungen. An Firmen in Deutschland und dem deutschsprachigen Raum, die in Kroatien ihre Fühler hatten. Denn ich musste auch den finanziellen Part bedenken. Eine Stelle in Kroatien warf bei weitem nicht so viel ab wie eine in Deutschland. Es war eine Gratwanderung. Ich wollte es dennoch versuchen.

Während ich so darüber nachdachte, am Tisch auf der Hotelterrasse sitzend, kam mir ein bekanntes Gesicht entgegen. Ich zitterte innerlich und spürte eine kindliche Unsicherheit, ließ mir aber nichts anmerken. Ich stand auf, wir gaben uns fest die Hand und, zumindest glaube ich das, ein Begrüßungsküsschen auf die Wange. Ich lud ihn nach der herzlichen Begrüßung zu einem Glas Wein mit mir ein. Mit Freude willigte er ein. Wir sprachen über alles Mögliche, was oberflächlich war. Smalltalk eben. Was ich dann aber tat, kostete mich eine gewaltige Portion Überwindung. Es war einfach zu wichtig, um es unversucht zu lassen. Ich nahm meinen ganzen Mut zusammen und sprach von etwas, was für mich nicht so oberflächlich war. Ich erzählte ihm, dass ich auf der Suche nach etwas anderem war. Und sagte, dass er mir, durch sein geschäftliches Standing, vielleicht eine Orientierung geben könne. Ja, vielleicht sogar Kontakte habe, die mein Potenzial gewinnbringend in Kroatien platzieren könnten. Er lauschte aufmerksam. Nickte.

Ich mochte ihn. Heute meine ich zu wissen, weshalb ich ihn so mochte. Nicht nur, dass er geschäftlich begabt war, im deutschsprachigen Raum lebte und in Zagreb arbeitete. Er sah passabel aus, und seine Wurzeln stammten aus der Region südlich von Dubrovnik. Ich stammte zur Hälfte aus eben dieser Region, Konavle. Ich bat ihn um eine vertrauensvolle Behandlung der gehörten Informationen. Ich kannte ihn gut genug, um zu wissen, dass er seinen Mund halten und Geschäfte verwalten konnte. Die gute Etikette der rein geschäftlichen Beziehungen ließ zu dem Zeitpunkt nichts Privates zu. Aber er erfüllte – von außen gesehen – alle meine heimatlichen Sehnsüchte. Das hinterließ den stärksten Eindruck.

Ich mühte mich regelrecht ab mit dem Projekt, oder eher mit der Art der Kollegialität. Irgendwann war es vorbei. Ich genoss einige Monate Freiheit, bevor es in einer neuen Stelle in Köln und Berlin weiterging. Leider nicht in Zagreb. Zwischendurch und später kehrte ich wiederholt nach Zagreb zurück. Alles, was dort war, wollte ich nicht loslassen. Ihn sah ich auch wieder, ein Mal, zwei Mal. Er war nämlich die Mensch gewordene Reflexion all meiner Lebenswünsche. Es gab also eine Möglichkeit für mich. Jemand hatte es mir vorgemacht. Er verkörperte es doch. Also quasi mich. Das ist doch etwas. Wir grüßen uns heute, wenn wir uns in Dubrovnik oder Zagreb zufällig begegnen. Er bleibt immer als eine Erinnerung der personifizierten Möglichkeit erhalten.

Heute weiß ich genau, dass er meinen Traum verkörperte. Ein Traum, der in Fleisch und Blut existierte. Ich sah es mit eigenen Augen. In zwei Ländern ein Zuhause. Immer hin und her. Sich hier und dort heimisch fühlen. Das war es, was ich wollte, denn so fühlte ich. Der Idealfall von zwei Orten, die Heimat waren. Es war aber alles ein Wunschtraum. Ich suchte weiter nach Heimatgefühlen.

NACH DER FINANZKRISE 2009

Das war sie tatsächlich – eine Finanzkrise, wieder mal. Für mich persönlich nichts Neues. Doch wegen genau dieser Krise wurde mir noch in der Probezeit gekündigt. Aus Köln und Berlin zurück nach Hamburg. Eine Kündigung in der Probezeit ist so eine Sache. Die Suche nach einer neuen Stelle gestaltete sich wieder mal äußerst mühsam. Lag auch an der Gesamtsituation. Mit einigen kleinen Freelance-Projekten hielt ich mich über Wasser – eigentlich eher unter Wasser. Etwa ein Jahr später und nach etlichen Telefonaten und persönlichen Vorstellungsgesprächen fand mein „ć" mit seinen fundierten Englischkenntnissen eine Stelle bei einem Unternehmen, das wohl jedem ein Begriff ist. Adidas. Dafür musste ich in die Gegend von Nürnberg ziehen. Ich freute mich über die Stelle und fühlte Dankbarkeit und auch immense Erleichterung. Nürnberg war nur noch eine weitere Stadt, die besucht werden wollte. Eine Wohnung fand ich letztendlich in Fürth. Schwabacher Straße, Fußgängerzone. Geräumig und relativ günstig. Den besten Döner Deutschlands gab es gleich um die Ecke. Manchmal weiß man, dass ein bestimmter Ort nur eine Zwischenstation ist. Meine Einrichtung sah dementsprechend aus. Ein Sofa mit Couchtisch. Fernseher auf einem Stuhl. Tisch mit den restlichen drei Stühlen. So sah das Wohnzimmer aus. Das Gästezimmer hatte ein Metallgestellbett und zwei Kleiderstangen. Das war mein Schrank. Im Schlafzimmer standen ein Doppelbett und eine Kommode. Einige Bilder lehnten am Boden gegen die Wand. Ich war sozusagen bereit, jederzeit und relativ schnell woanders hinzuziehen. Dort wollte ich nicht ewig bleiben. Es gefiel mir nicht. Auch die Umgebung nicht. Überall alte Architektur mit gestopften Löchern. Ich tippte auf Überbleibsel des zweiten Weltkrieges.

Es dauerte gut ein halbes Jahr, bevor ich mich mal privat verabredete mit einigen Kolleginnen. Und schwupps lernte ich eine Polin, Jolanta, kennen. Die hatte Wumms. Wir freundeten uns an. Durch sie lernte ich noch einige andere Frauen kennen, die zu Freundinnen und einem festen Bestandteil meines Lebens wurden. Es bis heute sind. Meine Clique bestand aus Jola aus Polen, Vali aus Bulgarien, Eylem aus der Türkei, Lai aus China und Moy aus Italien. Auch sonst bei Adidas hörte man auf den Fluren viele verschiedene Sprachen. Es war schön, wieder einer von vielen zu sein. Dort lernte ich auch meinen heutigen Ehemann kennen. Es fiel mir nicht schwer, nach etwa vier Jahren die Arbeit und meine Wohnung in Fürth zu verlassen – aber es fiel mir immens schwer, meine Freundinnen zu verlassen. Ich weiß um die Bedeutung echter Freundschaften, und sie waren der Grund, weshalb ich nicht schon früher dort weggegangen war, und der Grund, weshalb ich mich auch heute noch mit herzlicher Freude an diesen Lebensabschnitt erinnere.

DER AMERICAN DREAM BEGINNT MIT PARKPLATZGEHIRNWÄSCHE

Etwa vier Jahre nach meiner Ankunft in Fürth parkte ich mein Auto auf einem amerikanischen Parkplatz vor Target, HomeGoods und Whole Foods Market sowie einigen kleineren Geschäften wie Manicure & Pedicure Vietnamese Art, Jewelery by Joshua oder so ähnlich. Ich liebte es einfach, dass man immer einen Parkplatz gleich vor der Tür bekam, und das auch noch for free. Dieses Fleckchen Kaliforniens war nicht nur sonnig und angenehm warm das ganze Jahr über, sondern auch sehr praktisch. Ich lebte mit meinem Mann in Newport Beach, nicht weit entfernt von Huntington Beach. Zur schnellen Orientierung – das liegt zwischen Los Angeles und San Diego an der Pazifischen Küste. Sein Job hat uns dorthin verschlagen.

Ich stieg aus dem Auto und es haute mich wieder mal um. Seit einigen Monaten war ich bereits hier, aber es wollte sich kein Gewöhnungseffekt einstellen. Sobald man ausstieg und auf die normalen Geräusche eines Parkplatzes hoffte – wurde man meist bitter enttäuscht. Nichts als laut dröhnende Musik und konsumstärkende Werbung aus Lautsprechern. Ein Entkommen erschien aussichtslos.

On and off war ich fast drei Jahre in Kalifornien. Die Stille habe ich vergeblich gesucht. Drei Appartements haben wir dort nacheinander bewohnt. Tolle, wahrhaftig atemberaubende Anlagen mit Pools und Blick auf den Pazifischen Ozean. Die

Häuser aus Pappe gebaut. Also nicht wirklich, aber Beton und Ziegel waren jedenfalls nicht verwendet worden. In der Bauphase erinnerten die Häuser an die Konstrukte für Film und Fernsehen – die Fassade sah gut aus, aber von innen waren sie hohl und konnten schnell weggetragen werden. Vor allem aber – man hörte alles im Haus. Was draußen passierte und was drinnen passierte. Die Wände wie aus Pappe und die Trennwände wie aus Pergamentpapier. Und da in Kalifornien viel Wert auf gepflegte äußere Umgebung und Gärten gelegt wurde, blies fast täglich jemand mit mexikanischem Migrationshintergrund die abgefallenen Blätter weg. Oder schnitt die Hecke. Oder die Bäume. Oder reinigte die Straße. Oder reparierte etwas an der Wohnanlage. Oder jemand überprüfte die Rauchwarnmelder. Keine Stille weit und breit. Aus einer Wohnung hatte ich unseren Umzug veranlasst, weil eine Baustelle in der Wohnanlage entstanden war, einen Monat, nachdem wir dort eingezogen waren. Das geschah ohne vorherige Ankündigung. Und wie ich erfahren durfte, ohne Mietminderungsrecht. Das wurde dort eben anders gehandhabt als in Deutschland, wo der Mieter viele Rechte besaß. Für die Dauer von mindestens sechs Monaten, vielleicht auch neun, sollte es von Bauarbeitern und ihren Maschinen nur so wimmeln. Bei den dünnen Wänden ein No-Go. Auch die Leute sprachen laut – selbst die intimsten Dinge – ohne sich darum zu scheren, wer alles mithörte. Am Telefon. In der Supermarktschlange. Auf der Straße. Im Verkehr. Es war immer laut. Die Stille wurde immer besiegt. Als wäre sie langweilig, oder etwas, wovon man wegrennen müsste.

Da die Häuser aus Holz waren, wurden sie regelmäßig eingepackt, in Plastikfolie oder sowas in der Art, und mit

Chemikalien besprüht, damit Termiten keine Chance hatten, sie aufzufressen. Solange musste man aus dem Haus raus und ins Hotel. Die Klimaanlage sorgte für Pulloverklima im August. Bei draußen 30 Grad. Und man fror auch noch im Supermarkt, bei 18 Grad. Überall war die Klimaanlage an. Natürlich war auch sie laut. Des Öfteren stellte ich mir vor, wie ich den Hammer von Thor nähme und um mich herum alles zerschlüge, was Geräusche produzierte. War man in einem Hotel, konnte man nie ein Fenster aufmachen. Die Klimaanlage regulierte die Luft. Machte man sie aus, weil sie zu laut war, zum Beispiel nachts, wenn man schlafen wollte, erstickte man an der abgestandenen Luft. Ließ man sie an, konnte man gleich die ganze Nacht aufbleiben. Die Heizung kam meistens auch aus der Klimaanlage. Also Heißluftheizung. Bis zum Morgen war man wie eine Dattel vertrocknet. Ich habe nie gehört, dass sich ein Amerikaner groß darüber beschwert hätte. Mein Mann schon. Insbesondere seit er hier in Hamburg wohnt und aus den USA vom Business Trip heimkommt. Die Geräuschkulisse in Kalifornien war – zumindest meiner Erfahrung nach – zum Schreien und Haareausreißen gewesen. Never ever hätte ich mich daran gewöhnt.

Doch ich habe Gefallen daran gefunden, dass einige der absolut besten Restaurants gleich vom Parkplatz aus zugänglich waren. Draußen, bevor man ins Restaurant ging, herrschte eine Art Raststättenflair, aber drinnen bekam man definitiv mehr als Würstchen und Pommes. Und es war verdammt praktisch, nicht erst gefühlt stundenlang nach einem Parkplatz suchen zu müssen, und auch, dass die Sohlen der High Heels nach ein paar Mal Tragen noch immer wie neu aussahen. Auch die Füße dankten den praktischen Parkplätzen Kaliforniens.

Auch hatte ich mich schnell an den wunderbaren Service gewöhnt. Der Kunde war wahrhaftig überall König. Wenn man mit etwas unzufrieden war – sofern das überhaupt vorkam – dann wurde nicht lange diskutiert, sondern man bekam sofort Recht und eine Erstattung. No questions asked. Meine Güte, waren die Bedienungen freundlich. Vielleicht dachten sie etwas anderes, aber nach außen hin zeigten sie große Freundlichkeit. Und auch Schnelligkeit und Effizienz. Damit in Europa die serviceorientierten Berufe verinnerlichen könnten, was kundenorientierter Service bedeutet, müssten sie ein halbes Jahr zum obligatorischen Training in die USA. Dann würde in der Servicewüste Deutschland einiges anders laufen, und auch flotter. Natürlich war die Freundlichkeit der Bedienungen in den USA zusätzlich motiviert durch den „Tip", also das Trinkgeld, denn das Gehalt war meist unwürdig niedrig.

Zum Shoppen sind die USA wie gemacht. Nicht umsonst pilgern viele Menschen dorthin. Jeden Schuh, den ich haben wollte, gab es in meiner entzückenden Größe 41. Oft auch in der „wide" Variante. Ist bequemer, wenn man Feldarbeiterfüße hat. Und halbe Größen. Und stets viel Auswahl. Die Flächen der Shopping Malls oder der einzelnen Geschäfte waren majestätisch. Whole Foods Market – eine Supermarktkette mit Bio-Produkten – RIESIG. Keine Staus in den Gängen. Und vor allem keine Kartons oder Paletten, die gerade dann geleert und eingeräumt wurden, wenn das Geschäft aufgemacht hatte und die Kunden schon da waren. Das wurde dort vor Geschäftsöffnung gemacht, und zwischendurch lediglich sorgsam nachgefüllt. An der Kasse stand immer jemand, der einem die Sachen in die Tüten packte. Das gab Liebesimpulse. Wenn es Studenten waren, fand ich das immer toll. Wenn es sichtbar Rentner waren, merkte man, dass viele selbst mit 70 noch arbeiten mussten.

Es ist vielen bekannt, dass die USA, auch wenn es ein so fortschrittliches Land ist, über kein gutes Sozialnetz verfügen. Das Leben dort ist teuer. So auch die gesundheitliche Versorgung. Es gab sehr viele gute Krankenhauseinrichtungen, wie zum Beispiel in Boston. Doch das musste man sich auch leisten können. Solange man bei Kräften war und eine Arbeit hatte, war man in der Lage, die Krankenversicherung zu bezahlen. Sobald der Job wegfiel, fiel auch die Versicherung weg. Viel Spaß, wenn man sich dann das Bein brach. In Deutschland gibt es Tendenzen, sich über das Gesundheitssystem zu beschweren – und wahrscheinlich oft zu Recht – doch seit ich meine Erfahrungen in den USA gemacht habe, habe ich mich kein einziges Mal mehr über das deutsche Gesundheitssystem beschwert. Damit will ich nicht sagen, dass es keinen Optimierungsbedarf gibt. Auch vor dem Hintergrund, dass ich das kroatische Gesundheitssystem kenne. Aber man stelle sich nur vor – in den USA gibt es keine Mutterschutzzeit. Meine Friseurin Cathrine arbeitete drei Tage vor dem errechneten Geburtstermin an meinen Haaren, und einen Monat später hatte ich wieder bei ihr einen Termin. Und das wohlgemerkt nicht, weil sie nicht bei ihrem drei Wochen alten Baby Boy bleiben wollte. Als Mutter bekomme ich da Tränen in den Augen. Es ist schlichtweg grausam für die Mamis und die Babies, die, wie jeder weiß, auf Nähe angewiesen sind. Cathrine hatte selbst dann ein Lächeln auf dem Gesicht. Auch nach zehn Stunden auf den Beinen. Das Baby war tagsüber bei ihrer Mutter, denn eine Day Care – also Krippe oder Kindertagesstätte – musste man voll bezahlen. Wenig war das nicht. Eine

Bekannte wohnte in San Francisco, und für die Betreuung ihres Kindes in einer Kita gab sie für drei Tage in der Woche etwa 2.200 Dollar monatlich aus. Mein Sohn verbringt heute jeden Tag fünf Stunden mit Lunch in seiner Hamburger Kita, ohne Zuzahlung. Jede weitere Stunde kann man dazubuchen. Und ein Jahr oder länger kann man mit dem Kind zu Hause bleiben bei weniger Gehalt, aber mit Jobgarantie. Cathrine und ihresgleichen können das nicht. Eine weitere Sache in den USA, an die ich mich nicht gewöhnen könnte.

MARRIED IN LAS VEGAS

Nach einigen Monaten hin und her beschlossen wir, dass es Zeit war zu heiraten. Schön feiern mit der Familie und den liebsten Freunden wollten wir dann im Sommer. Doch jetzt wollten wir lieber früher als später heiraten. Eine Arbeit zu finden gestaltete sich schwierig, wenn man keine Arbeitserlaubnis hatte. Dasselbe galt für die Krankenversicherung. Länger als drei Monate am Stück konnte ich nie bleiben. Und jedes Mal bei der Einreise wurde ich in einen separaten Raum geführt und von der Einreisepolizei befragt. Ohne dass ich meinem Mann, damals noch mein Freund, mitteilen durfte, dass ich später aus dem Flughafen rauskommen werde. Ich verstand ja die Vorsicht, doch das änderte nichts an der Tatsache, dass man sich wie ein Krimineller fühlte, bis das Gegenteil bewiesen war. Ob mein blauer, kroatischer Pass etwas damit zu tun hatte? Ob ich mit einem deutschen Pass genauso oft ausgefragt worden wäre? Oft überlegte ich, einen deutschen Pass zu beantragen. Zu dem Zeitpunkt konnte man jedoch nicht beide Pässe gleichzeitig haben. Man musste sich für einen entscheiden.

Obwohl ich in Deutschland lebte, und zwar mehr als doppelt so lange als ich in Kroatien gelebt hatte – ging es einfach nicht. Auch habe ich mich nicht voll deutsch gefühlt, also konnte ich den kroatischen Pass vom Gefühl her nicht loslassen und abgeben. Es wäre mir wie eine Art Verrat erschienen. Obwohl es mein Leben bei Reisen definitiv erleichtert hätte. Wie viele Visa hätte ich mir sparen können, und wie viele Verhöre. Doch wenn man es nicht fühlt, dann geht es schlichtweg nicht. Beide Pässe zu haben wäre zu dem Zeitpunkt mein Traum gewesen. Das hätte meinem inneren Gefühl der Zugehörigkeit, oder zumindest dem Wunsch danach, entsprochen. Diesen Schritt habe ich 2019 bereitwillig und mit Freude gemacht. Nachdem Kroatien der EU beigetreten war, wurde auch die Möglichkeit der doppelten Staatsbürgerschaft geboren. Heute besitze ich beide Ausweise. Auch wenn es eigentlich nur ein Stück Papier ist – es fühlt sich stimmig für mich an.

Von Newport Beach bis Las Vegas sind es etwa fünf Stunden Autofahrt. Jeder weiß, wofür Las Vegas, Nevada, steht. Online hatten wir einen Termin gebucht in der Graceland Chapel. Jon Bon Jovi hatte dort angeblich auch geheiratet. Online hatten wir einen Blumenstrauß dazugebucht. Und Elvis Presley als unseren Trauzeugen und Sänger. Alles schön angeklickt und ausgedruckt. Dort angekommen, mussten wir uns noch eine Heiratslizenz ausstellen lassen. Mit dieser in der Hand durften wir an unserem online gebuchten Termin in der Graceland Chapel heiraten. Doch zuvor wollten wir noch den Junggesellinnen- und Junggesellenabschied feiern. Mein Mann und ich haben zusammen in einem Nachtclub gefeiert. Nur wir zwei. Eine Wahnsinnsshow mit Akrobatik und Tanz. Der Kater am nächsten Tag war heftig. Hat sich aber voll gelohnt. Die Amis können Unterhaltung.

Die Vorstellung von einer weißen Hochzeit mit allem, was so dazugehört, kam für mich einem Albtraum gleich. Ich hatte immer gesagt: Sollte ich jemals heiraten – dann bitte übersichtlich. Nur meine engste Familie und meine engsten Freunde. Da wir schnell heiraten wollten, blieb keine Zeit, um innerhalb von drei Tagen alle anreisen zu lassen. Daher haben wir eine intime Hochzeit für den Sommer ins Auge gefasst. Das Herz vermisste die lieben Menschen. Auch in Las Vegas.

Die Graceland Chapel erstrahlte im Sonnenschein. Meinen Blumenstrauß hatte ich mir selbst aus dem Kühlschrank geholt. Dann warteten wir auf unseren Slot. Vor uns waren noch zwei Paare dran. Elvis sang, nahm mich am Arm und führte mich den Gang hinunter. So wie man das aus Filmen kennt. So lief meine Traumhochzeit ab. Praktisch, ohne viel Schnickschnack. Fünf Sterne. Gerne jederzeit wieder. In Las Vegas, Nevada. Weit entfernt von dem Mädchen, das den Hühnern auf dem Bauernhof der Oma hinterhergelaufen war.

LIMITED POSSIBILITIES

Mit einem amerikanischen Ehemann sollte sich das Leben in den USA etwas einfacher auf die Beine stellen lassen – nachdem man die Bürokratie überwunden hatte. Nach der Heirat konnte ich zunächst die Green Card beantragen. Mit ihr würde die Arbeitserlaubnis kommen. Doch wurde mir erklärt, dass ich durchaus ein, zwei Jahre auf diese warten könnte. Solange bitte möglichst nicht aus dem Land ausreisen, denn es bestünde keine Garantie, wieder einreisen zu dürfen. Man könne aber ein bestimmtes Formular ausfüllen. So oft ich bei der Einreise ausgefragt worden war, wollte ich dieses Risiko definitiv nicht eingehen. Mit meinem Glück, und meinem Pass, fand ich, dass die Möglichkeit durchaus bestand, nicht wieder ins Land hineingelassen zu werden. Die Hochzeitsfeier im Sommer verschoben wir sicherheitshalber. Am Ende kam die Green Card etwa ein halbes Jahr später. Die Feier blieb jedoch verschoben, denn so schnell ließ sich alles nicht umplanen. Also planten wir für den folgenden Sommer. Zahlten die Kaution für das Hotel. In Dubrovnik. Um es vorab zu sagen – auch dieser Termin fand nicht statt. Der Geburtstermin meines Sohnes sollte nur einige Tage nach der geplanten Hochzeitsfeier liegen.

Auto fahren durfte ich auf einmal nicht mehr in den USA. Als Tourist ging das noch, aber als dauernd in den USA Lebender musste man die dortige Führerscheinprüfung ablegen. Damit bekam man die USA Driving License, was zugleich der Personalausweis war. Dazu musste ich noch die Social Security

Nummer beantragen. OMG. Ich war wieder 18 und habe für die Prüfung gepaukt. Den theoretischen Teil habe ich beim zweiten Mal bestanden. Der praktische Teil spielte sich in etwa so ab: Ich fuhr vor mit dem Auto meines Mannes, der Fahrprüfer stieg ein und vergewisserte sich, ob ich aus Europa kam. Ich bestätigte dies und erwähnte Germany und die Autobahn, fuhr um den Block. Bestanden. Das lief doch glatt. Auch jederzeit wieder (wenn es sein muss). Fünf Sterne.

Natürlich sollte ich ein Bankkonto besitzen, wenn ich bald eine Arbeit aufnehmen wollte. Also versuchte ich, online ein Bankkonto zu eröffnen. Und füllte alle Felder aus. Gab meine Social Security Nummer ein. Und bekam eine Nachricht, dass sich jemand demnächst bei mir melden werde. Es passierte aber nichts. Ich rief an und hörte, dass die Überprüfung meiner Credit History nichts ergeben habe. Das war so etwas wie die SCHUFA-Auskunft. Ich erklärte, das liege daran, dass ich erst vor kurzem in die USA eingereist sei und es somit keine Credit History geben könne. Nach mehrmaligen Anrufen bei dieser und anderen Banken konnte ich weiterhin kein Konto eröffnen. Es handelte sich hier wohlgemerkt um ein einfaches Konto. Einige Wochen später fand ich mich, ziemlich frustriert, bei der Bank of America in einem Ledersessel sitzend wieder. Neben mir mein Mann. Der Kundenbetreuer sprach ausschließlich mit ihm nach der obligatorischen Begrüßung und etwas Smalltalk. Und danach hatten wir ein gemeinsames Konto. So dasitzend und zuhörend fragte ich mich, ob sich wohl in etwa so die Frauen fühlten, die in Ländern lebten, wo die Frauen wenig Rechte hatten oder nur mit dem Mann gemeinsam gesehen werden durften. Der Mann regelt und redet, die Frau sitzt und guckt. Natürlich hatte ich viel mehr Glück, in den USA zu sein. Mir ist bewusst, **dass einige vielleicht sagen**, es sei doch total selbstverständlich, ein gemeinsames Konto mit dem Ehemann zu haben. Doch ist es so selbstverständlich, kein eigenes eröffnen zu können?

Wieder ein anderes Land, eine andere Sprache, keine Freunde, keine Arbeit. Alles ging in einem anderen Tempo und auf einem anderen Weg. Zumindest sprach ich gut Englisch. Und kam aus Europa. Ob aus Kroatien oder Deutschland oder der Tschechischen Republik war für die meisten, die wissen wollten, wo ich herkam, nicht von größeren Aussagekraft. So war zumindest mein Eindruck. Ich mag mich auch geirrt haben. „I am from Europe" wurde zu meiner Standardantwort. Das war für die meisten genug. Die, die genauer nachfragten, erhielten auch eine genauere Antwort. Doch bedeuteten die USA für mich auch, wieder einer von vielen zu sein. Das war erfrischend.

BEING LUCKY

Durch die zahlreichen Ortswechsel, die ich vollzogen hatte, wusste ich, was mir das Heiligste war. Organische Freundschaften. Dass diese nicht überall auf Bäumen wuchsen, war mir ziemlich klar. Doch hatte ich irrsinniges Glück gehabt, in Hamburg, in Zagreb und auch in Nürnberg. Ob ich nochmals so viel Glück haben würde, stand in den Sternen. Bei einem Telefonat mit meiner Freundin Jenny aus meiner Studienzeit ergab sich ein toller Zufall. Sie meinte, sie kenne ein tolles Mädel, allerdings wohne sie nicht direkt in L. A., sondern etwas weiter weg. Nämlich in Newport Beach. Ich hielt den Atem an. Dort wohnte ich auch. Und ich hatte sie offenbar bereits einmal in Hamburg getroffen. Anscheinend war diese Nacht aber so feuchtfröhlich gewesen, dass ich mich an ein Kennenlernen in Hamburg nicht mehr erinnern konnte.

Shana hieß sie, und ich meldete mich bei ihr, und einige Wochen später schlürften wir unseren ersten Kaffee zusammen. To go. Bei Starbucks. Es sollte der erste von ganz vielen werden. Newport Beach wurde mir etwas heimischer. Nun wusste ich, zu welchem Arzt ich gehen konnte, bekam Empfehlungen und einen tollen Menschen als Freundin. Durch sie lernte ich Eric kennen. Er war ihr Chiropraktiker, und ich hatte es mit dem Rücken. Er selbst war aus Belgrad gekommen, vor langer Zeit. Ein Goldfund. Ich lernte Newport Beach von einer neuen Seite kennen. Jenny und dem Universum bin ich bis heute dankbar für diesen Zufall.

Mein Vater hatte ein Hobby, obwohl es eher eine Berufung war als alles andere. Das Vergessene und die Vergessenen erweckte er zum Leben. Abgenutztes Schwarz-Weiß verwandelte sich in das ursprüngliche Schwarz-Weiß. Ich kenne meinen Familienstammbaum bis zum Jahr 1330 zurück. Ich weiß, wohin, vor über hundertfünfzig Jahren, meine Vorfahren ausgewandert waren. Viele davon nach Kalifornien, in die Gegend um San Francisco und nördlich davon. Das waren etwa 10 Autostunden von Newport Beach. Gold und Landwirtschaft waren die Antreiber gewesen. Oder einfach die Hoffnung auf ein besseres Leben. Die Nachfahren lebten noch dort. Einige hatte ich kennengelernt, als sie zum ersten Mal nach Kroatien gekommen waren. Ich entschloss mich, alle zu besuchen. Englisch war unsere gemeinsame Sprache. Ein Cousin von mir, Allan, hatte ein ziemlich auffälliges Tattoo auf seinem Arm. Dubrovnik stand dort. Er war noch nie dort gewesen, doch er fühlte sich dem Ort verbunden. Langsam stellte sich ein noch heimischeres Gefühl bei mir ein. Zudem hatte ich einen Ausbildungslehrgang als Life Coach angefangen. Dadurch sollte noch ein toller Mensch in meinen Freundeskreis finden. Stephanie. Sie selbst kam aus Haiti, war vorher Ärztin in New York gewesen und hatte sich dann entschieden, etwas anderes, für sie Bedeutenderes, in ihrem Leben zu machen. Künstlerin und Pflanzenversteherin war sie schon immer gewesen, und heute ist Stephanie auch noch Heilpraktikerin. Oft sehen konnte ich sie nicht, doch es gab sie. Das war wichtig.

In Kalifornien gab es Sonne satt für mich. Damit konnte ich gut umgehen. Es war ein anderes Lebensgefühl, wenn man morgens auf einen sonnigen Tag blicken konnte, fast wie in

Dubrovnik, als wenn man durch die „Fifty Shades of Grey" in Hamburg ging. Am Ende mochte ich es dort sehr und war innerlich nicht bereit, zu gehen. Doch nach fast drei Jahren passierte genau das. Adieu.

UMZUGSPROFI

Es ging über Hamburg nach Nürnberg. Ich war im vierten Monat schwanger. Mein Mann bekam ein Jobangebot in Nürnberg. Aufgrund der Tatsache, dass bald ein, unser, mein Baby kam, suchte ich instinktiv nach familiärer Nähe. Meine Mutter lebte in Hamburg, und der Rest der Familie, also Tanten, Oma, Cousins, Cousinen, deren Kinder, mein Vater, meine Schwester, meine Stiefmutter, in Dubrovnik. Beide Städte sind viel schneller von Nürnberg aus zu erreichen als von Kalifornien. Man bedenke auch den Zeitunterschied von ganzen 9 Stunden, wenn man mit jemandem telefonieren wollte. Spontan ging da nicht viel. Und Nürnberg kannte ich. Und freute mich auf meine Freundschaften dort. Sehr.

Und wieder suchte ich nach einer Wohnung. Als Wohnungssuchprofi durchstöberte ich die gängigen Portale nach geeigneten Wohnungen, nachdem ich mich über verschiedene Gegenden schlau gemacht hatte. Machte eine Liste, engte die Auswahl ein. Dann vereinbarte ich 15 Termine für verschiedene Besichtigungen. Mein Mann arbeitete meistens, also gingen mein dicker Bauch, mein Hund und ich durch die bunte Wohnungswelt. Einige andere Interessenten auch. Die Wohnung im Herzen des Nürnberger Zentrums und der Altstadt war ein schöner Hauch von übertrieben – und wie sollte man da hinkommen in der Rush Hour, in der Fußgängerzone? Nein. Die andere Wohnung hatte sechs Zimmer. Alle miteinander verbunden in der Art, dass man durch das erste, zweite, dritte, vierte, fünfte Zimmer musste, um in das sechste zu kommen. Es sei denn, man ging über den langen Balkon außen. Also auch nichts. Bei der nächsten Wohnung gab es keinen Parkplatz. Die vierte Wohnung wurde gerade vermietet. Auch die fünfte und sechste verfügten über keinen Parkplatz. In Nürnberg, St. Johannis. Nein, danke. Der dicke Bauch wollte sich gerne hinlegen. Die dicken Beine auch. Wohnung Nummer 12 oder 13 war es dann. Ein schönes Penthouse mit einer kleinen Terrasse, im Zentrum. Mit Garage. Drei Zimmer. Modern. Meinem Mann sagte sie auch zu. Die haben wir auch bekommen. Toll. Doch die Container aus den USA ließen auf sich warten. Solange crashte mein dicker Bauch auf dem Hotelbett.

In der Zwischenzeit besuchte ich zwei Krankenhäuser und entschied mich für eines davon. Auf Empfehlung meiner Freundin dort. Ihr Kind war schon fast zwei. Einen neuen Stromlieferanten fand ich auch. Die Behördenabläufe erledigten wir mit viel Stamina. Die Aufenthaltserlaubnis für meinen Mann und die Meldebestätigung. Übersetzung und Beglaubigung der Hochzeitsurkunde samt Geburtsurkunden. Bankkonto. Lampen für die Wohnung gab es bei Höffner. Die Schränke auch. Lieferzeit etwa vier Wochen. Die Container waren sowieso noch nicht da. Hebamme suchen war auch sehr spannend. Eigentlich war ich viel zu spät dran. Doch Dorothea hatte ein Herz für mich. Hebammen sollten viel mehr Respekt von der Politik und dem Gesundheitssystem bekommen. Sie sind wahre Engel. Insbesondere nach der Geburt. Ihre non-invasiven, einfachen und naturverbundenen Lösungen waren so überraschend wirksam.

Ich suchte nach einer Betreuung für unsere Hündin. Sie konnte nicht alleine bleiben, sie bellte vor Angst, ohne aufzuhören.

Also sprach ich mit den Nachbarn und erklärte ihnen alles. Die Nachbarn fanden das natürlich nicht immer angenehm. Dann fand ich Andrea. Eine Seele von einem Menschen. Ich habe meinen Hund nirgendwo so gerne gelassen wie bei ihr. Bis heute nicht. Ich wünschte, sie lebte heute in Hamburg.

Eine neue Frauenärztin wollte auch gefunden werden. Meine jetzige sagte mir gar nicht zu, aber ich konnte erst nach drei Monaten wechseln. Das hatte mit den Regeln der Krankenversicherung zu tun. Nach drei Monaten wechselte ich dann auch. Eine Schwangerschaft, vier Frauenärztinnen, drei Städte, zwei Kontinente. Alles rechtzeitig zur Geburt. Tierarzt war inzwischen auch gefunden worden. Und auch für den Mann war gesorgt.

Unsere Container aus den USA kamen drei Wochen vor dem Geburtstermin in unserer neuen Wohnung an. Bis dahin hatten wir aus dem Koffer gelebt. Ich packte alle Karton aus, außer einem, und bekam das Baby. Unser Boy kam in Nürnberg zur Welt, ein Jahr, bevor es mit dem Umzugs-LKW wieder nach Hamburg ging. Ich suchte wieder mal nach einer Wohnung. Mit Baby und Hund bin ich am Wochenende nach Hamburg gereist und habe gleich für Montag und Dienstag Besichtigungstermine organisiert. Etwa 20 Wohnungen haben wir besichtigt. Das Baby fand alle zum Schreien. Manchmal konnte Oma babysitten. Das tat gut. Nach fünf Montags- und Dienstagsbesichtigungen und fünf Hin- und Rückfahrttickets der Deutschen Bahn glaubte ich, eine Wohnung gefunden zu haben, die dem Mann, dem Baby, dem Hund und mir gefallen würde. So war es auch. Top. Jetzt nur noch ein Umzugsunternehmen finden und alles in Kartons verpacken. Wohnung putzen, Übergabe machen. Die Übergabe machte der Mann. Er blieb eine Woche länger in Nürnberg wegen seinem Job.

Ich wartete auf den LKW in der neuen Hamburger Wohnung. Ich ging raus, um Kaffee für alle zu holen, die gleich ankommen und arbeiten würden. Und mir fiel der Wohnungsschlüssel in den Aufzugsschacht. In so einem unpassenden Moment! Ich schrie. Innerlich machte ich das sowieso viel. Doch glücklicherweise hatte ich zwei Schlüssel. Einen hatte ich bei meiner Mutter gelassen, die ihn mir dann auch gleich brachte. Was für ein Glück! Es war gut, Familie in der Nähe zu haben. Die Umzugsleute kamen an, und es ging sofort los. Und ich packte wie wild schon mal aus. Die ganze Küche schaffte ich an dem Tag, während die Möbel eintrudelten. Mein Boy war zu dem Zeitpunkt gerade ein Jahr alt. Wollte natürlich bei allen Kartons mit anpacken. Herrlich. Ich hörte die Schreie ganz deutlich. Es waren meine eigenen. Doch machte es sich nicht so gut, wenn man als erwachsene Frau hörbar schrie, also behielt ich alle Schreie in meinem Kopf. Außer mir hörte sie niemand. Es dauerte Monate, um alles auszupacken und den Gegenständen einen neuen Ehrenplatz zu geben. Einige neue Möbel mussten auch her. Wieder Wartezeit bis zur Lieferung. Es wiederholte sich vieles von den bisherigen Umzügen. Behördengänge samt Bürokratie, neuer Stromlieferant, Kitaplatzsuche, Kinderarzt, Tierarzt, Babysitter. Alles, was zu einem Umzug dazugehört.

Wenn es nie wieder passiert, ist es noch zu früh.

KITAPLATZ GIBT'S IN ZWEI JAHREN

Von vielen habe ich gehört, ich solle bereits während der Schwangerschaft einen Kitaplatz suchen. Die Wartezeiten seien lang. Es war mir so absurd vorgekommen, einem Baby, das sich noch in meinem Bauch befand und mir von außen bei jeder Bewegung wie ein Außerirdischer vorkam, einen Kitaplatz zu suchen.

Als der Kleine etwa sechs Monate alt war, bewarb ich mich bei einigen Kitas in der Nähe und besuchte sie auch. Sie antworteten alle freundlich, dass sie meinen Sohn auf eine Warteliste setzen könnten für das übernächste Jahr. Da würde er etwa zwei sein. Ich dachte, in die Kita geht's mit etwa einem Jahr? Manche meinten, ich hätte mich schon früher umsehen sollen, denn der Andrang sei sehr groß. Mittlerweile hörte ich schon Horrorgeschichten über die Kitaplatzsuche. Eltern, die einfach keinen Platz fanden, trotz massiver Suche. Das Kind war drei und es gab keine Kita. Diese Eltern kannte ich nicht persönlich. Ich verstand nicht, was da vor sich ging, aber langsam überkam mich die Sorge, genau das könnte mir auch passieren, als die E-Mails mit den Wartelisten eintrudelten. Plötzlich, unser Boy war neun Monate alt, meldete sich unsere Wunschkita mit einem freien Platz, den sie gerne uns geben wollten. Ich habe sofort zugesagt. Glück gehabt also.

Nach gar nicht so langer Zeit sagte ich den Platz in Nürnberg allerdings wieder ab, mit gemischten Gefühlen. Und machte mich erneut auf die Suche, diesmal in Hamburg. Einige Kitas besuchte ich, andere hatten nicht mal an einem Besuch

Interesse. Unsere Wunschkita war eine bilinguale. Wir hatten ja schon zu Hause trilinguale Verhältnisse, das reichte. Doch diese schrieb glatt und prompt – wie eine automatisierte Antwort – und teilte uns mit, dass es keinen Platz gebe, sie uns aber gerne auf die Liste für einen Platz in zweieinhalb Jahren setzen könnten. Ich traute meinen Augen nicht. Aber was sollte ich tun? Ähnliches kam auch von den anderen. Die Wartezeiten waren lediglich anders lang.

Tiefe Enttäuschung machte sich einen Kaffee und blieb. Die Verzweiflung, die Müdigkeit und der Anstand antworteten der bilingualen Kita, dass es schade sei, erst so spät eintreten zu können, insbesondere vor dem Hintergrund, dass wir zu Hause Englisch und Kroatisch und auch Deutsch sprachen. Ich bedankte mich und vergaß es. Doch drei Wochen später wurden wir zur Besichtigung eingeladen. In acht Monaten werde ein Platz frei, hieß es. Die Nachricht saß besser als alles, was ich im Kleiderschrank hatte. Was für ein Glück. Mit 18 Monaten war mein Boy ein stolzes Mitglied der internationalen Kindertagesstätte. Demnächst geht er dort in die Vorschule.

Man kommt nicht drum herum, wenn man ein Kind hat, sich auch an die eigene Kindheit zu erinnern und diese auf verschiedenen Ebenen zu verarbeiten. Bis ich so alt war wie mein Sohn heute, habe ich drei verschiedene Kitas besucht. Wie ging ein zartbesaitetes Kind, wie ich es war, damit um? Mit welchen Problemen hatte es zu kämpfen? Mit welchen Gefühlen? Was muss das bloß für meine Mutter bedeutet haben! Ich habe mir durch das Beobachten und Verstehen

meines Kindes und seiner Bedürfnisse selbst einiges verzie-
hen. Meiner Mutter auch.

In Dubrovnik läuft die Kita-Suche so ab: Man braucht einen
Kitaplatz. Man meldet sich bei der nächsten Kita zwei, drei
Monate vorher, vielleicht auch nur zwei Wochen. Etwas Büro-
kratie, gefolgt von einem Platz. Es gibt keine vierwöchige
Eingewöhnungszeit. Das allerdings fand ich hier sehr hilfreich
für die Mama und das Kind.

Ich schenkte mir einen Wein ein.

ALS DER GRINCH WEIHNACHTEN STAHL

Es war ein Tag vor Weihnachten. Es muss so 1998/99 gewesen sein. Wir wohnten endlich in unserer neuen Wohnung am AEZ. Mutter und ich. Da flatterte die Benachrichtigung über ein Einschreiben ins Haus. Wir dachten naiv, dass es vielleicht ein Weihnachtsgrußtelegram war, und eilten zur Post, um es abzuholen.

Der Inhalt war weniger weihnachtlich als gedacht. Er las sich in etwa so: „... falls Sie bis zum 14.01. nicht nachweislich ausgereist sind, werden wir Sie mit polizeilicher Gewalt ausweisen." An den genauen Wortlaut kann ich mich nicht erinnern, aber es war in diesem bestimmten Stil, bei dem einem das Blut in den Adern gefriert beim Lesen. Und Weihnachten war dahin. Es war, als hätte Weihnachten niemals existiert. Nicht mal als Idee. Ever. Zwei Zeilen reichten aus, um das zu schaffen.

Ja. Ausreisen. Es war nicht so, dass wir nicht zurückwollten in unsere Heimat. Wir liebten sie. Wir liebten die Menschen, die wir dort zurückgelassen hatten. Ich zum Beispiel meinen Vater – meine Heimat. Und den geliebten Stiefvater. Beide Omas, Opa, Tanten, Cousinen, Schulfreunde, Kindergartenfreunde, eine nicht dort stattfindende Zukunft. Doch in der Heimat wartete keine Bleibe. Das Haus war zerstört. Es wartete keine Arbeit. Es gab schlichtweg keine. Wo sollte man wohnen, und was essen? Irgendwie waren das doch die Basics.

Es war ein ständiger Kampf. Seit unserer Ankunft. Man wollte uns raushaben. Eindeutig. Eindeutiger ging es nicht. Doch wohin sollten wir gehen? Unsere Familie war zu dem Zeitpunkt selbst noch nicht nach Dubrovnik zurückgekehrt, sondern befand sich in einem Flüchtlingslager in Istrien. Auch Fremde in der Fremde.

Meine Mutter war schon immer eine Kämpferin gewesen. Ich glaube, ohne irgendwas, was sie bekämpfen konnte, würde sie wie eine Primel ohne Wasser eingehen. Zu dem Zeitpunkt waren das die Qualitäten, die wir brauchten. Kampfgeist, Energie, alles geben. Tag und Nacht.

Mittlerweile hatte sie sich an der Krankenschwesternschule beworben. Und war angenommen worden. Als Älteste drückte sie die Bank. 39 Jahre alt. Von Hotelmanagerin via Putzfrau zu Krankenschwester. Nicht schlecht. Die Putzstellen sollten sie noch lange begleiten. Vom Ausbildungsgeld konnte eine alleinerziehende Mutter nicht leben. Also Ausbildung von 8-16 Uhr, ab 17 Uhr entweder putzen und/oder im Pflegeheim die Nachtschicht machen.

Aber um beim Nicht-Weihnachten zu bleiben. Wie jeder weiß, gibt es diese Tage zwischen Weihnachten und Neujahr, an denen man kaum weiß, welcher Tag es ist oder was man machen soll. Wir wussten ganz genau, welcher Tag es war und dass wir gar nichts machen konnten bis nach dem 1.1. – wenn die Menschen wieder wie gewohnt ihrer Arbeit nachgingen. Wir brauchten Hilfe und einen Anwalt – und Geld, um unsere Rechnungen zu bezahlen. Wir mussten irgendwie in Deutschland bleiben. Wohin sollten wir auch zurück?

Würden wir jemals Ruhe finden und einfach in Hamburg bleiben können, ohne alle paar Monate bangen zu müssen, ob es nun das letzte Mal gewesen ist, dass wir eine Duldung bekommen haben? Man stelle sich vor, wie wenig man das Leben planen konnte unter solchen Umständen. Alles konnte uns in einem kurzen Moment genommen werden. Mit polizeilicher Gewalt. Willkommen in Deutschland. Oder doch lieber verkürzt – in Deutschland.

So lange ich denken kann, hat mich ein Mangel begleitet. Jetzt war es ein Mangel an einem Ort, der mich sicher und gut aufgehoben fühlen ließ. Einem Ort, den ich „meinen" nennen konnte. Zu dem ich mich zugehörig fühlte. Einem Ort, der mich mochte und ich ihn. Etwas, was auf Gegenseitigkeit beruhte. Und gerade mochte mich dieser Ort gar nicht. Seit er mich das erste Mal erblickt hatte, hat dieser Ort sich geweigert, mich sein Kind zu nennen. Sehr vehement. Wie soll man sich da zu Hause fühlen? Wie soll man dazu Heimat sagen? Vielleicht mit polizeilicher Gewalt. Die Gesetze waren aber nun mal so. Sie haben es nicht berücksichtigt, dass ich einige Freunde hier hatte, gut in der Schule war, eine der Besten im Deutschunterricht – in Diktaten und ganz besonders in der Grammatik. Eine Ausländerin, die die Beste in Deutsch war. Ich war sehr stolz auf mich. Wir hatten eine neue Wohnung bezogen. Meine Mutter war fast fertig mit der Ausbildung. Aussichten auf ein etwas besseres Leben. Vielleicht ohne die Putzstellen. Doch der Grinch kam vorbei. Weihnachten war dahin. Das neue Jahr wollten wir – und zwar sofort. Gleich. Wer braucht schon Weihnachten? Ich brauchte eine Heimat! Kam sie als Geschenk verpackt unter dem Weihnachtsbaum? Schön wäre es gewesen.

Aber meine Mutter war eine Kämpferin. Sie sah in Deutschland mehr Chancen für mich, und für sich selbst auch. Sie bekämpfte die Hindernisse. Tat, was getan werden musste. Aber wenn man ständig solche „aus dem Land ausgewiesen werden ins Nichts"-Erfahrungen machte, nagte das an den eigenen Energien. An der eigenen Substanz. Manches bekam man nicht mehr wieder. Die schlaflosen Nächte zum Beispiel sind geblieben. Bei meiner Mutter und bei mir.

FROHES NEUES

Es ist Januar 2021. Ich sitze und schreibe diese Zeilen. Jede Zeile brachte bisher eine neue hervor. Es ist wie Zellteilung. Gestern machte ich mit meiner Familie einen Neujahrsspaziergang in Blankenese. Zum Strand und zurück. Dieser Teil von Hamburg erinnert mich an meine andere Heimat. Es ist steil, die Straßen eng und verwinkelt, die Häuser am Hang. Schöne Häuser, aber auch solche, die irgendwie anders sind. Viele Treppen. Hunderte. I like it. Mein Mann schnaufte. Mochte den Gedanken nicht, dass er die Treppen auch wieder hochlaufen musste. Verständlich bei seiner verletzten Achillesferse. Fremde Menschen begrüßten uns, wünschten ein „Frohes Neues". So ziemlich jeder, der uns entgegenkam. Weshalb kann das nicht jeden Tag so sein? Ich war eine von ihnen mit meiner Familie. Wir gehörten dazu. Bei so vielen guten Wünschen kann das Jahr nur gut werden. Und dieses Weihnachten hat der Grinch nicht gestohlen. Wir haben uns den Film mit unserem Sohn öfter angesehen in letzter Zeit. Er mag ihn sehr.

Wir sind mit dem Auto nach Blankenese. Ich bin gefahren. Ohne Navi. Zurück auch. Die Stadt kenne ich wie meine eigene. Hamburg – meine graue Perle.

Autorin

Petra Kapetanić, geboren in Dubrovnik, Kroatien ist die Mutter eines kleinen Sohnes. Sie arbeitet als Life Coach und wohnt mit ihrer Familie zwischen Hamburg und den USA. Durch ihre eigene Biografie als Geflüchtete des Balkankrieges im Jahr 1991, setzt sie sich mit dem Thema Herkunft und Heimat stark auseinander. Damit bewegt sie andere ihre Heimat zu finden und diesen Prozess bewusst wahrzunehmen. Sie hat an einem Sachbuch im Bereich Wirtschaft mitgearbeitet und ein bilinguales Kinderbuch herausgebracht.